JN067642

マドンナメイト文庫

家出少女 罪な幼い誘惑

楠 織

目次

contents

家出少女

罪な幼い誘惑

序章

四月の終わり、大型連休を間近に控えたこの時期が、鹿賀宗二《かがそうじ》はいちばん好きだ。桜の時期ほど華やかではないが、公園の広場に植えられた木々や芝生《しばふ》の新緑の瑞々《みずみず》しさは、それはそれで見応えがある。

なによりこの時期は、気候が安定しているのがいい。暑すぎもせず、寒くなることもなく、野外でも室内でも心地よく一日中過ごすことができる。

エアコンの風も直射日光も苦手な宗二だが、この季節だけは日課としているウォーキングの足取りも自然と軽くなり、いつの間にか、一日一時間というノルマ以上に歩いていることもしばしばだ。

現に今日なども、気持ちいい風が吹いていたため、ついつい気分が乗ってしまい、気がつけば予定を大きく越えて、二時間近く歩いていた。

コアタイムのないゲーム会社にデザイナーとして在籍し、一年のほとんどを在宅勤務で仕事をしているような生活でなければ、こんな悠々自適は許されないだろう。

今の宗二がこのような生活リズムになっているのは、たんにいろんな事情がからんだすえのものなのだが……こうして自分の体力や健康を気遣える環境を得られたのは、結果的には幸運と言うほかない。実際、前に所属していた会社では、宗二は過労死寸前の状態で、連日深夜残業をしていたりしたものだ。

宗二ももう四十三歳、身体に無理が利かない歳《とし》になっている。

日常的にこうして運動する生活でなければ、どこかで決定的に身体を壊していたことだろう。

つくづく、自分は恵まれているのだと宗二は思う。

こうして健康で穏やかな生活を送ることができていることもそうだし、なによりそんななかで、思いもよらない、かけがえのない出会いがあったりもしたのだから。

「……おかえり、宗二さん」

じっくり時間をかけたウォーキングを終え、清々《すがすが》しい気分で自宅のマンションに帰ると、玄関先で、ひとりの少女が座りこんで、宗二の帰りを待っていた。

かわいらしい美少女である。

セミロングの黒髪をポニーテールにまとめたヘアスタイルがいちばんのチャームポイントだが、その活発そうな髪型とは裏腹に、表情そのものは物静かで、なにかを達観したような、どことなく影を感じるところがある。だがその印象が決してマイナスにはならず、むしろミステリアスさもありながら庇護《ひご》欲をそそる魅力となって昇華されているような、不思議な雰囲気のある少女だ。

けれど、宗二は知っている。その控えめなたたずまいの裏で、彼女がひどく頑固で、なにより情熱的な少女であることを。

「ただいま。今日は早いね」

「ん……今日は、半日しか授業ないから。鍵……机の上に忘れちゃって」

ぼそぼそと、ささやくような声音《こわね》で言いながら、少女は立ちあがった。

いざ立ってみてまず目立つのは、彼女のその小さくて細い体躯《たいく》である。

身長、じつに百五十センチ弱。もう高校二年生になるというのに、中学生どころか小学生でも通じるほどの背の低さだ。

身体つきも身長相応、年齢不相応に未成熟で、胸もとはほんのかすかにしかふくらみを感じられないシンデレラバスト。ヒップラインも起伏が乏しいために、腰のくびれが目立たず、まるで二次性徴期を迎える前の年頃にすら見える。

彼女との出会いから三年経《た》つが、身長も体形もほとんど変わっていない。

少女の名前は、綾瀬鈴《あやせすず》。十六歳の高校生。

傍目《はため》には親子にも見えるが、ふたりはそういう関係ではない。

もっと複雑で、根深く……一筋縄ではいかない関係だ。

基本的に満ちたりた日々を送っている宗二だが、彼女との関係を大っぴらにできないことに関しては、数少ない悩みと言えるかもしれない。

「はやく、入ろ」

鈴は控えめに、しかし甘えた声でささやきながら、そっと宗二の腕を撫《な》でてきた。

「ああ、そうだね」と返事をしながら、ぞわりと宗二の背中が粟立《あわだ》つ。

さすがに三年もつき合いがあれば、その仕草で彼女がなにを望んでいるかもわかる。

そして実際、その彼の予感はさっそく的中することとなった。

「はぁ……あぁ……やっと、ぎゅって、できたぁ……」

玄関に入るやいなや、鈴はしなだれかかるように、宗二に抱きついてきたのである。

しかもその抱擁は、明らかに子供が父に甘えるような類《たぐい》のものではない。

宗二の胸に頬を当て、頬ずりをし、彼の鼓動をたしかめるようなそれは、そんな無《む》垢《く》なものではまったくない。

「……おいおい、今日はえらく甘えん坊だな」

「そんなことない。だって、ふたりきりの時間、ひさしぶりだもの」

少したしなめるような宗二の言葉に、きっぱりそう反論してくる。

態度そのものは物静かだが、鈴はこれでかなり強情なところがある。三年間ともに過ごす間に、宗二はそのことを身に染みて理解していた。

「……いや、待って。待ちなさい。なにしてる」

しかしそれでも、まだ玄関から上がってもいないというのに、鈴が宗二のズボンを下着ごと下ろしてきたのには、さすがに彼も待ったの声をあげた。

なにせ、まだ玄関の鍵をかけていないのだ。

ドアノブをまわせばすぐに外からまる見えになる状況で、女子高生の前で下半身を露《あらわ》にするというのは……宗二としても抵抗を覚えざるをえない。

「……ん。宗二さんのおち×ちんと、ご対面してる」

当の鈴は、まったく聞く耳を持たず、この状況を純粋に楽しんでいるようだ。

それどころか鈴は、まるでお気に入りのぬいぐるみを愛《め》でるように、宗二の性器に頬ずりし……あろうことか、そのままそれを口内に収めてしまったのである。

「……く、臭いだろう」

「んん、ちゅ、ん、れろ……平気。この匂い、あたし好き。いい匂い」

いい匂いなわけがない。

なにせ二時間近く、ずっと外を歩いてきたばかりなのだ。

運動あとの汗と股間特有の饐《す》えた臭《にお》い、そして中年男の加齢臭がまざって、その場所にはむせ返るような悪臭が充満しているに違いない。

「ん、はむ、れる、ん、んん……」

だというのに……鈴は顔をしかめるどころか、むしろ陶然と瞳を潤ませ、宗二の性器をただただおいしそうに、愛《いと》おしそうにしゃぶるのである。

「……ああもう、この子は、しょうがない子だ」

「ん……えへへ」

ここまでうれしそうにされると、宗二としてもやめろと言いづらくなってしまう。

なにより女子高生のやわらかく瑞々しい唇の感触がなんとも心地よくて、宗二はもうまともに身動きが取れなくなってしまった。

「くぅ……相変わらず、上手すぎる……」

鈴の年頃の少女なら初体験を済ませている子も少なくないだろうが、それでも彼女の口技は、歳不相応に卓越したものだ。

なにせ彼女は、もう何年も、明確な目的意識を持って、こういった性技の訓練をしてきたのだ。

口内にたっぷりと唾液をためこみ、それを舌にからめ、丹念に竿《さお》全体にまぶして擦《こす》りつける。

舌の動きも無計画なものではなく、高めの体温で性器を包みこむことを第一に考え、そのうえでゆるい舌遣いでマッサージを繰り返している。

愛撫《あいぶ》というよりは、やさしく癒《いや》し、労《いたわ》るような控えめな動きだ。

口から漏れ聞こえる水音もほんの僅かで、むしろ興奮にやや荒くなった鈴の吐息のほうが、よほどはっきり聞き取れるほどである。

しかし、だからこそ、そんな口唇奉仕は、宗二の性感を強く刺激するのだ。

「んん……あ……宗二さんのおち×ちん、おっきくなった……」

うっとりと、呆《ほう》けた声で鈴が呟《つぶや》く。

歳不相応に巧みな鈴の舌遣いと、そして玄関先で女子高生にフェラチオをしてもらうという背徳的なシチュエーションの合わせ技は、あまりにも刺激的だ。

結果として宗二は鈴の目論見どおりに、彼女の口内で浅ましくも性器を勃起させられてしまった。

「あたし、これ好き。口の中で宗二さんのおち×ちんが、おっきくなってくの……なんていうか、ああ、宗二さんを気持ちよくできたんだって感じる」

「そんなのでたしかめなくても……いつも気持ちよくしてもらってるよ」

「そうかもだけど、でも、実感があるのって大切だし……」

言いかけて、なにかふと思い出したらしい。

少し悪戯《いたずら》っぽい笑みを見せて、鈴は小首を傾《かし》げた。

「宗二さんだって、そうでしょ？　あたしの乳首とか、クリちゃんとか、おっきくなる様子を指とか口で触って感じるの、好きでしょ？」

「……ああ、まあ、たしかに……好きだな、そういうのは」

ほらそうじゃん、と鈴は笑った。

もうなにも言い返せない。

彼女の控えめな胸を口に含んで舐《な》めまわしたりして……そして宗二の口の中で乳首が大きくなってくる感触などは、たしかになんとも言えない達成感がある。

実際それは、彼女との行為中に、宗二がしばしばする前戯のやりかたである。

なんのことはない。宗二も鈴と同じ楽しみをしっかり味わっているのだ。

しかもその事実に、ずっと年下の鈴のほうが先に気づいていたのだから情けない。

「ん、だから……あたしがこういうのが好きなのは、普通なの」

開きなおった様子で、いよいよ鈴は、本格的な口唇奉仕を開始した。

「はむ、ちゅ、ん、れる、れろ、んんっ、んんっ、ちゅううっ」

「うぉ……っ」

これまでのフェラがまるで児戯に思えるほどの強い快感が宗二を襲う。

口内の粘膜を肉竿に密着させ、さらに、裏スジに、亀頭に、鈴口に、間断なく甘い摩擦を加えてくる。

なにより強烈なのが、その吸いあげだった。

腰ごと精も根も持っていかれそうなほどの、強い快感が背すじを走りぬけ、思わず宗二は顎が上がってしまった。

ああ、なんと罪深い行為なのだろう。

なにしろ、仔猫《こねこ》が母猫のおっぱいを吸うようなひたむきさで彼女がすすりあげているのは……宗二の先端から漏れ出る、汚らしい先走り汁なのだ。

いかなる理由があったとしても、こんなもの、四十男が女子高生にさせてよい行為ではない。

だというのに、宗二の勃起を咥《くわ》える鈴の表情は、ただただうれしそうなのだ。

うれし涙でも流さんばかりに目は潤み、激しく水音をたてているのに、あくまで口から漏れる吐息は穏やかだ。むしろそうして宗二を勃起させ、その男性器を口に含むことが、いちばん落ち着ける行為なのだと言わんばかりの、安らかとすら表現できそうな表情だった。

「んっ、ふぁ……」

たまらないとばかりに、鈴は熱い吐息を漏らす。

上品な口もとからは、はしたなく涎《よだれ》がこぼれ、酩酊《めいてい》したようにぼんやり霞《かす》んだ瞳を天井に向けるその様は……かなり危険というか、違法な薬物でもやっているのではないかと疑われかねないほど妖しいものになっている。

精液中毒……ふとそんな単語が、宗二の脳裏によぎる。

そして実際、こうなった鈴は、もう誰にも止められない。

「ん、ふぅ……あ、あっ、んん、あう、んんんっ」

突如として鈴は、宗二の股間からわずかに顔を離した。

咥えて口でしごくのをやめたかわりに、彼女は舌をめいっぱい伸ばし、舌先でちろちろと鈴口をくすぐる動きを見せる。

「おぉぅ……」

つい先ほどまでの、強引に射精まで持っていかれそうな行為からすれば、それは非常にささやかなものであったが、これはこれでたまらない。

なんと言っても絵面《えづら》がいい。

その愛らしい唇から伸ばされた舌が、アイスを舐めるかのように丹念に、愛情をこめた舌遣いで、宗二の勃起が現役女子高生の唾液でどろどろになっていく。

快感に宗二は身もだえするが、どうやら鈴も本格的にスイッチが入ったらしい。

「あう、んんっ、はぁ、あぁ……やばい、やばいぃ……っ、んんんっ」

くちゅ、くちゅ、くち、にち、くちゅ。

「うんんっ、あ、あぁ、ここ、やっぱり自分で触るのも、けっこういい感じかもぉ」

陶然と喘《あえ》ぎ、そう呟く鈴の右手は……今、自らの股間に潜りこんでいる。

スカートの裾の中に突っこまれているために直視はできないが……そこでなにが行われているかは、耳に聞こえる水音と、そしてなにより鈴の股間の真下の床に落ちる透明な液体を見れば明らかだ。

鈴は、オナニーをしているのだ。

宗二の勃起を舐めて、それで興奮して……もう性的衝動が抑えきれず、指で自分自身を慰めているのである。

「……最近、いつもやってるな。フェラの途中でオナニー」

「んんっ、だって、はあぁ……んんっ、しかたないもの」

「しかたないのかい？」

「……だって、宗二さんのおち×ちん、エッチすぎて……舐めてたら興奮する」

さすがに少し恥ずかしそうに言う。

けれど同時に、その台詞《せりふ》自体にますます興奮したらしく、スカートの中の指の動きが激しくなったようで……水音はさらにはっきり聞こえるようになった。

「俺のち×こは媚薬《びやく》かなにかか」

「あたしにとっては、そうなの」

かわいいことを言ってくれるものである。

だからもう、そんなことを言われたら……宗二だってたまらなくなる。

「鈴ちゃん、そろそろ……」

「ん、わかった」

さすがと言うべきか、そのひとことで、宗二の望みをわかってくれたようだ。

ちろちろと先端を舐めていた鈴は、ふたたび宗二の勃起を深く咥えこんでくれた。

「ちゅ、ずちゅ、ん、ずずっ、んんっ、ちゅ、ちゅうっ」

「う、あぁ……くぅっ」

先ほど咥えてくれたときより、さらに積極的に吸いあげてくる。

しかもそれだけでなく、ぎゅっと唇をすぼめて肉竿を締めつけたまま、頭を激しく前後して強く強く扱《しご》いてくる。

「う、あ、ぐぅっ、うっ」

何度も味わっている快感だが、それでもやはり鈴の本気のフェラは、猛烈に気持ちがいい。ただでさえ情熱的に甘えられ、媚《こ》びを売られ、その媚態を目《ま》の当たりにして射精衝動を蓄積していたのに……もう、本当に我慢ができなくなる。

「んんっ、ちゅ、ず、ちゅう、んん、ん、れる、ちゅ、んんっ」

そして、そう……その目だ。宗二を見あげる目が、訴えてくるのだ。

ザーメン、いっぱい出していいよと。

「ん……はい、宗二さん、どうぞ」

そして……ふと唐突に、なにを思ったか鈴は扱くのをやめ、宗二の先端のすぐそばで大きく口を開け、舌を突き出してきた。

まるで、その舌の上に出してくれと言わんばかりに。

「くうう、うぁ、す、鈴ちゃん……ッ」

きつく縛りあげていた締めつけから解放され、輸精管がゆるむ。視界が白く弾《はじ》け、睾丸《こうがん》の中ではちきれんばかりにふくらんだ浅ましい欲望が今、あっけなく決壊した。

びゅるる、びゅうう、びゅくっ、びゅくっ。

「んんっ、あ、んぁ……っ。あは、いっぱい……」

宗二は彼女の舌の上に、自分でも驚くほどの量の汚濁を吐き出していく。臭いもひどく、粘度も恐ろしく高いそれを、鈴はしかし陶然と、当たり前の顔をしてあっさり嚥下《えんか》する。

「くあぁ……気持ちいい……」

「そう？　えへ。よかった」

精魂つきはてるような激しい射精だったが……もちろん鈴の欲求が、これで終わるわけがない。

「んん、んくっ、んあぁ……ふぁ、すっごく濃い……」

ふらふらと立ちあがった鈴は、いまだに自分の股ぐらをまさぐっていた。

透明な液体が、太ももどころかふくらはぎまで伝っているのが見て取れる。

「ん、んぅ、あぁ……はあぁ……」

宗二の性器の臭いや精液が彼女にとって媚薬になるというのは、どうやら本当らしい。精液を飲みほした彼女は酒をしこたま飲んだように酩酊し、ぼんやりした顔で呆けながら、ひたすら股間を慰める指先の動きを激しくしている。

「う、んんっ、あう、あぁ……あぁ……だめ、だめ、がまんできない……っ」

やがてまるでなにかに取りつかれたかのように、ひどく切羽つまった表情で鈴はショーツを脱ぎ捨て、そして壁に手をつき、白いお尻を宗二に向けて突き出してきた。

「宗二さん……エッチ、したい」

……この絵面は、反則だ。

玄関で、制服ノーパン状態で、お尻と秘部を見せつける女子高生。

一度射精しても、こんなのを見せられれば、萎《な》えることなんてできるわけがない。

もう、ベッドへ向かう時間すら惜しい。服を脱ぐ手間をかけるのも、もっての外だ。

だから宗二は鈴の腰をつかみ、先端をあてがい、そして一気に挿入した。

「んぁ、ああっ、ふあぁぁ……んんんっ、ん、んんっ」

喘ぎ声すら自分のものにしたくて、背後から顔をつかみ、唇を奪う。

鈴はいやがる様子など露ほども見せず、むしろ自分から積極的に舌をからませ、より情熱的なキスをねだってきた。

四十男と十代の女子高生の、ディープキス。

普通に考えればひどく退廃的でおぞましい光景のはずなのだが……しかしなぜだか、ふたりのそれはひどく自然で、違和感を覚えさせないなにかがある。

それはきっと、ふたりの間に通う気持ちが嘘偽《うそいつわ》りのない真実のものだからだろう。

「……好きだよ、鈴ちゃん」

「ん、あ、あっ、ああっ、んんっ、あ、あたしも、あたしも、好きっ、大好きっ」

……そう。

傍目にはまったくそうは見えないが、宗二と鈴は、れっきとした恋人どうしなのだ。

何年にもわたる鈴の求愛にほだされ、その一途《いちず》さに宗二は籠絡《ろうらく》されたのである。

「ああ、いい、やっぱり、おち×ちん、いい。宗二さん、好き、好きっ」

つくづく自分は恵まれている。

愛をささやく恋人とキスを交わし、舌をからめながら、宗二は改めてそう思う。

どんなかたちであれ、傍目にはどんなに奇異に映る関係であれ、こうして心から愛せる女性を得られたのだから。

愛らしく喘ぎ、身もだえする彼女の身体を愛でながら……宗二は、三年前の、なぜこんなことになったかの経緯《いきさつ》を思い出していた。

第一章　傷だらけの少女

1

鹿賀宗二は基本的に在宅勤務をしているが、それでもたまに、なんらかの用件で出社する必要が生じることがある。

今日は新しい企画の立ちあげのために、密に会議をする必要があるということで、約一カ月ぶりに本社を訪れることになった。

この手の会議は紛糾して予定時間より長引くことも多いのだが、プロジェクトを任されたディレクターがかなり優秀であるらしく、とんとん拍子に話が進み、結果的に予定よりもかなり早く帰宅することができた。

ありがたい話である。

妻と離婚したあと、娘の里奈《りな》とふたり暮らしをしている宗二は、在宅勤務で時間的に余裕があるのを利用して、家事の多くを自分の手で行っている。

里奈も今年で高校生となり、それなりに掃除洗濯などを手伝ってくれるようにはなったが、それでも学業や部活でなかなか時間が取れないこともあり、特に炊事に関しては、いまだに宗二がほとんどしている。

今日は食事の準備を里奈に任せなければならないかもと考えていたのだが、これだけ早く帰れれば、宗二が夕飯を作ることができるだろう。

誰に似たのか、里奈は大らかというか大ざっぱな性格なので、味つけも雑で料理の腕はあまり褒められたものではない。経験を積めばまた話は違ってくるのだろうが、さしあたりの食卓の平和のためにも、宗二としてはまだ、里奈をひとりで台所に立たせたくはないというのが本音だ。

「……今日は寒いな」

家への最寄り駅に着き、改札に出たところで、頬に触れた冷たい風に宗二はぼそりとそう呟いた。

ここのところ秋らしい、過ごしやすい日々が続いていたが、今日は分厚い雲が空一面を覆っているせいか、空気も冷たく、ふだんよりいくぶんか肌寒い。

　この空模様では、早く帰ったほうがいいだろう。

　漂う風は冷たいだけではなく、かなり湿っぽい。予報ではあまり雨が降りそうなことは言ってはいなかったが、この様子ではにわか雨が降りはじめても不思議ではない。

　急いでなじみのスーパーで食材を手早く買いそろえ、自宅へと向かったが……今日は少々、運が悪かった。

「……ああ……やっぱり無理だったか」

　足早に家へと向かう宗二の鼻先に、冷たい雫《しずく》がぽつりと触れたあと……本格的に雨が降りはじめるまでは、本当にあっという間だった。

　間一髪のタイミングで、宗二が近所のコンビニの軒先に滑りこんだその直後、それまでしとしととおとなしめに降っていたのが嘘のように、バケツをひっくり返した大雨となってしまったのである。

「……すごいな」

　季節はずれのにわか雨に、ついそんなつぶやきが漏れる。

　見なれた家並みは雨粒のカーテンに覆い隠され、わずか二十メートルほど先の景色すら、霞んでしまってよく見えない。

硬い地面に大量の雨が跳ね、水煙が立って道路がどこにあるかもおぼつかず、いつも聞こえる街の喧騒《けんそう》すらも、大粒の雨がアスファルトをたたく音のせいでまったく聞こえなくなっている。

（……こういうの、いいんだよな）

基本的にのんびり屋の宗二は、コンビニの軒先に立ちつくしながら、久しぶりに見たにわか雨の風景に、暖気《のんき》にそんな感想を抱いた。

帰るのは少々遅れてしまいそうだが、幸いにして雨にはほとんど濡れなかったし、時間もまだ余裕がある。だから特に、家に急ぐ必要はない。

なにより景色だけで言えば、こういうのは決して嫌いではない。

雨音で耳にはうるさいはずなのだが、奇妙に静かな光景だ。

世界のすべてが遠のいて、まるで自分だけが取り残されてしまったかのような、そんな感覚すら抱かされた。

「……うん？」

けれどとうぜん、それはあくまで錯覚だ。実際に宗二が世界でひとりぼっちになったわけでもないし、世界が無音になったわけでもない。

「ああ、もう……びしょびしょだ……っ」

暖気に懐からスマートフォンを取り出し、目の前の雨の風景を数枚、写真に撮っていた宗二のすぐそばに、彼にならうようにして、いらだたしげな声をあげながらひとりの少女がコンビニの軒先に飛びこんできた。

かわいそうに宗二と違って、雨宿りが間に合わなかったらしい。

（……この子、なんだろう？）

少女の姿に、宗二は眉をひそめた。

横目に見たかぎりでは、顔だちそのものはむしろ整っていると断言していいだろう。ややつりぎみの目もとはしかし険がなく、むしろどこか儚《はかな》げな印象が強い。表情も物憂げで、着ているセーラー服からすれば中学生なのだろうが、その年頃には不相応なほどにミステリアスな雰囲気が漂っている。

しかしなにより宗二の目をひいたのは、もっと別のところだ。

なんと言うべきか……その少女の姿が、端的に言って、不自然にみずぼらしいものだったのだ。

雨に濡れていてもはっきりそれとわかるほどにセーラー服はよれよれで、アイロンをかけた形跡がまったくない。特にプリーツスカートは本来の折り目以外にもあちこちに皺《しわ》ができていて、わかりやすく不格好だ。

さらに前述したように顔だちそのものは整っているが、満足にものを食べさせてもらえていないのがひと目でわかるほど、全体的に不自然に瘦《や》せこけている。ダイエットでここまで瘦せようとするようなことはさすがにあるまい。

おそらく、なにか問題があって家出した少女なのだろう。

……思わず不愉快な気分になって、宗二は顔をしかめてしまった。

宗二も離婚して、父子家庭として娘の里奈とふたり暮らしをしている。自分のしてきたことが完璧だったとは言うつもりは毛頭ないが……それでも、母親がいないという環境でも里奈がつらい思いをしないでいられるようにと、できるかぎりのことをしてきたつもりだ。

だからだろうか、DVやネグレクトといったかたちで親に愛情を注がれていない子供を見ると、宗二は心穏やかではいられない。

とは言え、宗二がこの少女に対して、なにかできるわけでないのも事実だ。

たまたま同じ場所で雨宿りをしただけの関係で、宗二は少女の境遇についてなにか知っているわけでもないし、口出しするような資格もない。

彼にできるのは、ただただやりきれない思いを抱えたまま、この時間が早く終わらないかと、いっこうにやむ気配のない雨空を眺めつづけることだけだった。

「…………」

そうして……いったいどれほどの時間、宗二は無言のまま空を見あげつづけていただろうか。

……ぐぅぅ。

ふと隣で、小さくそんな音が鳴った。

音のしたほうを見やると、少女がどこか気まずそうにお腹《なか》をさすっている。

どうやら宗二の聞き間違いではなかったらしい。

今のは、彼女のお腹が鳴った音のようだ。

（……さすがに、これくらいはいいよな）

なんだか見ていられなくなって、宗二は下げていたエコバッグに手を突っこんだ。

彼が取り出したのは、虫養いのためにと自分用に買っていた総菜パンだ。

食パンの上にベーコンと目玉焼きを乗せ、マヨネーズで味つけをしたもので、大量生産品ではなく、スーパーで手作りされたものだ。

これでなかなか味がよく、密《ひそ》かに宗二のお気に入りの一品である。

「ねえ、きみ、お腹空《す》いてるんでしょ。これ、どうぞ」

「……え？」

唐突に声をかけられ、少女がきょとんとした声をあげる。

訝《いぶか》しげに宗二の顔と差し出されたパンを見くらべ、しばらくどうするか思案したようだが……結局少女は、背に腹はかえられないと判断したようだ。

「じゃあ、ええと……いただき、ます」

「うん。はい、どうぞ」

少女はおずおずとパンを受け取り、包装をはずして、黙々とそれを食べはじめた。

どうやら見た目どおりに食が細いらしく、かなりのスローペースではあるが、それでも特に文句を言う様子はない。なんとなくそのちまちまとした食べっぷりは、リスのようで愛らしくもあった。

「あ、飲み物とかいらないかな？」

「ん……大丈夫。渇いてない」

「そうかい？」

「……ん」

どうやら味もお気に召したようだ。返事もそこそこに、無心でパンを食べているその表情は、少し和らいでいるように見えた。

その様子に、宗二は内心、ほっと安堵《あんど》する。

これで別に少女の境遇が変わるわけではない。

宗二がしたのは、たんなる気まぐれの、偽善めいた行為でしかない。

それでも今、目の前で腹を空かせている少女に、ささやかながらも手を差し伸べられたのは事実である。

（まあ、ちょうどよかったんだ。里奈に見つかったら、またこっそりおやつ食べて、とか言って怒られるしな）

そんなことを言いわけがましく考えているうちに、少女はパンを平らげたらしい。

「ごちそうさま、でした」

そう言って、包装を宗二に返そうとして……それも変だと途中で気づいたらしく、そばのゴミ箱に捨てたあと、少女は小さく、恥ずかしそうに頭を下げた。

「おいしかった、です」

「そうか。なら、よかった」

できるだけ害のない笑顔を意識して笑いかけてみたが、少女はあくまで仏頂面だった。おそらく他人や大人に対して警戒心が強いのだろう。

宗二としてもこれで親しくなろうと考えていたわけでもないので、別にそれはそれでかまわない。

ただ、彼女を哀れむ気持ちは、どうしてもつのらざるをえないところがあったが。

「雨……やまないね、なかなか」

こんな重苦しい空気は、宗二だって望むものではない。

だからその場をやり過ごすために、宗二はこの場は、たんなる雑談をすることに徹することにした。

「にわか雨だろうから、こんなどしゃぶりもすぐに終わるとは思うけれど」

雨足はいっこうにおさまらず、一歩外に出れば一瞬で濡れ鼠《ねずみ》になるような大雨はまだ続いている。景色を見ているぶんにはそれなりに風情があるが……そろそろ冬の気配が近づきつつあるこの季節のにわか雨は、肌には少々冷たい。

「…………」

宗二の振った話題に、少女は無言。

ただやはり肌寒いのか、細い腕で自分自身を抱くようにして、雨の町並みに、ただただ物憂げな視線を向けつづけている。

「……お風呂、入りたいな」

「そうだね。おじさんも、家に帰ったらお風呂入ろうかな。少し濡れたし、このままだと風邪を引きそうだ」

ぼそりと少女の口にしたその台詞に反応してみたが、やはり返事はない。どうやら会話をしたかったわけではなく、たんなるひとりごとのつもりだったらしい。とりつく島もないというか……これ以上の会話はしたくないのかもしれない。

それはそうだろう。なにか事情がなくても、中学生の少女が、四十すぎの見も知らない中年男と会話をしたいだなんて思うはずがない。

「……あの」

だから、なんとも言えない沈黙がしばらく続いたあと……少女のほうから、どこか意を決したように口を開いてきたのは、すこし意外だった。

「ね……おじさん、ひと晩でいいから、泊めてくれない？」

「……え？」

なにより、その思ってもみない台詞に、さすがに宗二も戸惑わざるをえなかった。お願いするにしても、その内容は突然にもほどがある。

少女もどうやらそれは自覚しているらしく、見せる表情は心底申しわけなさそうなものだったが……宗二としても、いきなりそんな話をされても返答に困ってしまう。気まぐれにパンを恵んであげる程度が宗二にできる限界で、それ以上、彼にできることはないと考えていたからだ。

宗二は自分の家庭を守るので精いっぱいだ。だというのに、下手に少女の事情に首を突っこむのは、たんなる無責任でしかない。

けれど……続けて、どこか切羽つまった表情で少女が口にした台詞に、今度こそ宗二は言葉を失った。

「おじさんの好きなこと、していいから、なんでも」

「………」

この少女の言う「好きなこと」の意味が、宗二にはとっさに理解できなかった。

(あ……ああ、好きなことって、そういう意味か)

俗に言うパパ活……いや、前に流行《はや》った「神待ち少女」だろうか、これは。

表情からして望んで身体を売ろうとしているわけではあるまい。

本当にそれ以外に生きていくための金や場所を確保する術《すべ》がなくて、こんな手口を使わざるをえないのだ、この少女は。

どんなおぞましいことがあれば、こんな年若い少女がそこまで追いつめられ、こんな選択をせざるをえなくなるのだろう。それを考えて、宗二はただただ胸が痛んだ。

(……どうする)

娘とふたり暮らしの宗二には、持ちかけられた取引に応じる選択肢はありえない。

なにせ、少女は娘の里奈よりさらに年下なのだ。こんな年端もいかない少女を性愛の対象にするような趣味は、宗二にはない。

けれど、だからと言って、この少女を放っておくのも気が引ける。

警察に連れていく選択肢も、なしだろう。警察はまずこのような状況であれば少女を家に帰そうとするだろうし、それはなによりこの少女が避けたいことのはずだ。

だったら……もう、覚悟を決めるしかないだろう。

「……わかった。ウチにおいで」

「いいの？」

「ああ。でも……別におじさんは、きみになにかをしてもらうつもりはないからね」

「え……でも、それじゃ……」

「いいから」

なにか言いかけた少女を強引に黙らせる。

幸いにも、雨脚もようやく弱まってきた。まだ完全には晴れていないが、早足で行けば、そう濡れずに帰宅することができるだろう。

しとしとと降りつづける冷たい雨のなか、宗二は少女の手を引き、自宅へと向かったのだった。

2

早瀬《はやせ》鈴。十三歳。ここから四駅ほど離れた先にある中学校に通う二年生。

それが、少女が自身について口にした情報のすべてである。

学年はともかく、名前や通学先は、おそらく嘘だろう。家出をしている身の上で下手に本名をさらせば、親や学校に連絡が行って、彼女の望まぬ結果を招くことになる。利口な子供なら、一宿を借りただけの相手に本当の情報を伝えるわけがない。

もっとも宗二としては、たとえそれが本当の情報であったとしても、それをもとになにかするつもりはない。

この少女に必要なのは、おそらく一時の避難場所だ。

宗二がすべきはそれを彼女に与えることであって、ほかにはない。

「お風呂を沸かすから、先に入りなさい」

家に着いてまず宗二は湯沸かしに電源を入れ、湯舟にお湯をためはじめた。

宗二はともかく、鈴はかなり雨に濡れてしまっている。いちおうタオルを与えはしたが、風呂に入って身体を温めないと風邪を引きかねないだろう。

「ええと……でも……」

しかし「風呂に入りたい」とひとりごとを言っていたくせに、鈴はいったいなにを遠慮しているのか、いっこうに風呂に入ろうとしなかった。

何度か促してみるも、どうにも乗り気でない様子でまごまごするばかり。

まあたしかに、中年男しかいない他人の家で風呂に入るというのは、緊張するところもあるのだろう。

先ほどは身体を差し出すことすら提案していたが、そこのあたりの覚悟ができていなかったのかもしれない。

しばらくなんの進展もない問答をしたあと、このままずっとそうしていても埒《らち》があかないと判断した宗二は、夕食の準備に取りかかることにした。

そろそろ娘が帰ってくる時間帯だ。

娘の里奈は基本的に大らかというか大ざっぱな性格だが、食べざかりの年頃なのか、ここのところ食い意地が張ってきていて、食事が遅くなるとちょっと機嫌が悪くなるようなことがしばしばある。

鈴という珍客を家に招いた今日の状況で、食卓の空気を悪くするようなことは、宗二としても避けたかった。

「ただいまーっ」

そして……噂《うわさ》をすればなんとやら。

宗二が本格的な調理をはじめるより先に、玄関から元気のいい声が聞こえてきた。

言うまでもなく、ひとり娘の鹿賀里奈である。

セミロングに伸ばした髪、伸びやかですらりとした長身、なによりはきはきと明るい雰囲気が特徴的な、宗二の自慢の娘だ。

「あれ、パパ、もう帰ってきてたんだ？　今日会議で遅くなるんじゃなかったっけ」

「ああ、早く終わってな。だから夕飯、今日は里奈がやらなくていいよ」

「やった、ラッキーって……あれ？」

さっそくリビングダイニングに顔を出し、いつもどおりの調子で宗二と会話を交わして、どうやらそこで、部屋の隅っこでちょこんと座る鈴の存在に気がついたらしい。

目が合ったふたりは、里奈のほうはきょとんとするばかりだが、鈴はどこか怯《おび》えたようにびくりと身体を震わせていた。

身体まで差し出して寝床を確保しようとしていた状況から、鈴は宗二に娘がいるとは想像していなかっただろうから、そんな反応になるのも無理はない。

「え、この子、誰？」

「雨に降られてかわいそうだったんでな、見かねて連れてきた」

目をまるくして問いかける里奈に、まずはそう説明して……少し考えなおした宗二は、ちょいちょいと小さく手招きして、里奈を近くに呼びよせた。

ことがことだけに、ちゃんと状況を説明したほうがよいだろう。

「なあに？」

「あの子、鈴って名前らしいんだが……家出したらしいんだ。腹も空かせているみたいだし、泊まる先がないらしくてな、泊めてあげようと思うんだけど、いいかな？」

「ああ、なるほどー……」

鈴に聞こえないよう小声で説明すると、里奈はすべての事情を察した表情で「しょうがないなあ」と笑ってくれた。

普通の年頃の娘なら、自分のテリトリーに知らない他人が入ってくるなんていやがりそうなものだが、のんびりな里奈は特にそんな反応は見せない。

里奈がこんなふうに大らかな性格に育ってくれたのは、宗二にとってなによりの誇りだった。もちろんそれは宗二だけではなく、学校の先生や友達のおかげによるところも大きいのだろう。

「パパってほんとお人好しだよねえ……いいよ、わたしは大丈夫」

「ありがとうな。で、さっそくで悪いんだが……あの子を風呂に入れさせてくれないか。すすめてるんだが、なぜか言うこと聞いてくれなくて」

「風呂って、あの子よく見たら、びしょびしょじゃん……わかった。了解！」

そして、こういうときに行動力を発揮できるのも、里奈のよいところだ。

状況を察するやいなや、さっそく里奈は鈴のほうに寄っていってくれた。

「ええと、鈴ちゃん、でいいかな。大体の事情はパパに聞いたよ。自己紹介とか、したいことはいろいろあるんだけど……まずはお風呂、入ろっか」

「え、えっ、で、でも……」

「だって、びしょびしょじゃん。身体をあっためないと、そのままじゃ風邪引いちゃうよ。ほら、こっちだよ、こっち！」

「でも、よそのおうちでお風呂とか……」

「女どうしだから恥ずかしがることとなんてないって。着がえは用意したげるから！」

まだ鈴はまごまごしていたが、強引な里奈の勢いには敵《かな》わなかったらしい。

結局、有無を言わせず手を引かれて、鈴は風呂場に連行されていった。

とりあえずしばらくは、里奈に任せておけば大丈夫だろう。

なんとなく苦笑をこぼしながら、宗二は夕食の準備を本格的にはじめるのだった。

3

鈴と里奈が風呂からあがったあと、宗二たちは夕飯を食べることにした。

ちなみに今日のメニューはつみれ入りの鍋焼きうどんである。

手軽に作れるし、身体が温まってちょうどよいだろうという判断だ。

鈴はやはり遠慮していたが、それでもうどんをひと口すると、とたんに顔がほころんで、それからあとはがっつくようにして勢いよく食べてくれた。

やはりよほどお腹が空いていたらしい。最終的に汁《つゆ》を一滴も残さず平らげたあと、心底ほっとした様子でため息を漏らす鈴のその表情に、宗二と里奈も思わず頬をゆるめてしまった。

もちろんこんなことをしても、鈴の抱える問題の根本を解決できたわけではまったくない。しかしそれでも、鈴の安らかな表情に、彼女を家に連れてきてよかったと、心の底から思う。

けれど……しかし、そんな甘さが、宗二の美点でもあり弱点でもある。

その晩、自分の選択の愚かさを、宗二は思い知ることになるのである。

4

「……うん？」

鈴にも布団を用意してあげて、お休みの挨拶をして全員が寝床についたあと……身体になにかが触れるような、あるいはなにかがのしかかってきているような、そんな奇妙な違和感を覚えて、宗二は目を覚ました。

寝入ってからどれほど時間が経ったか定かではないが、窓の外がまだ暗いところを見るに、まだまだ真夜中と言っていい時間帯のようだ。

こんな時間に誰かが宗二の部屋にやってくることなどありえない。

いやそもそも、誰かがやってきたとして、こんな感触を覚えるようなことがなにかあるだろうか。

（……なんだ？）

なにがなんだかわからないまま、目をこらしているうちに、だんだん夜の闇にも目が慣れてくる。

そうして、ぼんやりと浮かびあがってきた闖入者《ちんにゅう》の正体に、宗二は眉をひそめた。

「……鈴ちゃん？」

昼間に保護した家出娘が、布団の中に潜りこみ、彼の身体にのしかかって、じっと宗二を見つめている。

……一瞬、幽霊かと思った。

人間、本当にびっくりするようなことがあると、悲鳴をあげる余裕もなくなってしまうものだと、宗二は今、思い知った。

「な、なにしてるんだい？」

鈴はたしか「いっしょに寝よう」という里奈の誘いを断って、来客用の寝具をリビングに敷いて寝ていたはずだ。

それがなぜ、今になって宗二の布団に、しかも無断で入りこんでいるのか。

しかも闇のなかではっきりとはわからないが、どうにも鈴の身体のシルエットがおかしい。里奈に貸してもらっていたはずの、パジャマの柄が見えない。

もしかして……鈴は今、裸になってしまっているのか。

「セックス、しにきた」

宗二にしか聞こえないような小さな声で、しかし鈴はたしかにはっきりそう言った。

「……いや、待ちなさい。そういうことはしなくていいって言ったじゃないか」

極力声を抑えつつ下手に物音をたてて里奈が起きるようなことがあってはまずい。極力声を抑えつつ宗二が口にしたたしなめの言葉は、しかしきっぱりと鈴に拒絶されてしまった。

「泊まらせてもらって、ご飯もくれて、なのにあたし、なにも対価、払ってない」

「だから、それも言ったじゃないか。そんなの気にする必要はない」

「でも、やっぱり、情けで施しを受けたみたいになるのは、絶対いやなの」

据わった瞳でそう言う鈴の態度に、宗二は途方に暮れた。

おそらく彼女は、無償の愛情を注がれることに、慣れていないのだろう。

だからこうして、他人から受ける親切を素直に受け取ることができないのだ。

なにかの対価や取引によってしか、人間関係は成立しないと考えている。

本当に……どこまでこの子は寂しい世界で生きてきたのか。

「おじさんがなにもしないなら、あたしが勝手にする。だから……邪魔しないで。邪魔したり変なまねしたら、大声出すから」

決然とそう言いながら、鈴は宗二のズボンを下ろしにかかった。

待ちなさいと強く叱責しようとして、しかし宗二はとっさに口ごもった。

力ずくで鈴を引き離すこと自体は簡単だ。

けれど、もし拒絶して、鈴が予告どおりに大声を出したら、里奈が起きてしまう。

里奈は基本的に察しがよいし、大抵のことには動じない大らかな娘だが、それでも父親が裸の中学生にのしかかられている場面を見れば、さすがに傷つくに違いない。

仮に大声を出すのがたんなるはったりであったとしても、この場で落ち着いて話し合って、鈴を説得する自信は、宗二にはない。

鈴がこんな頑《かたく》なな態度を取るのは、おそらく何年もの間、彼女を取り巻く環境が彼女に対して冷酷だったからだ。彼女の凍りついた心は、何分かそこら話しこんだところで溶けるようなものではあるまい。

となれば……宗二に取れる選択肢など、ほとんどない。

黙って、受け入れるしかないのだ。

「おじさんも……声、出さないでね。お姉さんに知られたく、ないでしょ」

鈴は念を押しながら、とうとう宗二のズボンとトランクスを脱がしてしまった。

興奮などまったくない。

血のつながった娘の里奈とすら、小学校高学年以降は裸を見せ合ったことはない。

今日知り合っただけの女子中学生の前で下半身を露にする事態に、罪悪感をつのらせるばかりだ。

「ええと……こうするん、だよね……ん、む」

「な……!?」

しかも続けて鈴がしてきた行動は、宗二の予想をはるかに超えるものだった。

あろうことか……手で愛撫したりするようなこともせず、鈴はまだ勃起していない宗二の性器を、いきなり、はむりと咥えてきたのである。

「待って……待ちなさい……っ」

「ん……なんで。おじさんのち×ちん、ぜんぜん大きくなってない。だったらそういうときは、こうして大きくするんでしょ?」

いったい、どこでそんな知識を得るのだろうか。

いや、小学生ならともかく、いまどきの中学生ならば、そのくらいのことは知っていても不思議はないかもしれない。

けれど、知っていたとしても、それを実践するかどうかは話が違う。

「や、やめなさい……っ。汚いだろう!」

「いや。やめない。ん、ん……ん……」

訴えても、鈴はとうぜん、やめてくれるはずがない。

宗二を完全に無視して、彼の先端を口に含み、頭を前後させている。

「くぅっ……」

……じつは、宗二にとってはこれがフェラチオの初体験だった。

結婚歴がある以上、宗二はとうぜん最低限の性経験はあるが、離婚した妻にもそういったことをしてもらったことはないし、風俗店などとも無縁の生活を送ってきた。

そんな彼にとって口での性行為というものは、完全に未知の領域の、かなりアブノーマルな行為なのである。

それを、よりにもよって中学生にされることになろうとは思いもよらなかった。

ただ幸いなことに……と表現していいかどうかはわからないが、そんな彼でもはっきりわかるほどに、端的に言って鈴のフェラは、下手だった。

舌はまったく動かさず、唇で宗二の先端を咥えて、ゆるく前後させるだけで、たいした刺激もない。唇も特に口をすぼめたりして締めつけを強くするようなことはせず、ただ口に含んでいるだけだ。

射精を促すような摩擦も与えられず、ぬるいお湯の中にたんに一物を突っこんでいるだけのような感触だ。

そもそも彼女は、口で性器を愛撫するという行為自体は知っていても、具体的にどうすれば男を興奮させられるかまでは知識がないのだろう。

「や、やめなさい、そんなの……するもんじゃない」

「ん、やだ。やめさせないで。大声、出す」

そう脅迫されては、宗二は黙りこむしかない。

だからもう、宗二に許されているのは、口を噤《つぐ》み、この圧倒的な罪悪感に耐えつづけることだけだ。

（……こんなことして、なんになるんだ……）

こんなに寒々しい性行為は、はじめてだ。

愛情などまったくなく、相手もこんな行為をそもそも望んでおらず、それでも無理やり愛撫を押しつけられる。

こんな状況で、しかも拙いにもほどがある、気持ちのこもっていない愛撫で興奮するなんてありえない。

そもそもそれ以前に鈴は、娘の里奈よりまだ年下の、年端もいかない少女なのだ。

そんな相手に性的なアプローチをかけられても、興奮よりもおぞましさが先に立ってしまう。

（……うっ）

しかし、だというのに、男というものはつくづく度しがたい性《さが》を背負っている。

「ん、う……うわ……おっきく、なった」

少し嫌悪感のようなものをにじませながら、ぼそりと鈴はそう言った。

そう。心底望んでいない状況のはずなのに……宗二は、中学生の少女の口の中で、勃起してしまったのだ。

わけがわからない。なんで自分の身体がそんな反応をするのか、意味がわからない。ただただ自分が情けない。

離婚した元妻と最後に交わって以降、自慰で性欲を発散することはたまにはあったが、異性に触れる行為はまったくしてこなかったのが、むしろ災いしたのだろうか。

性的な意志を持って異性に口で陰部を咥えられるという状況そのものに、どうやら長らく眠っていた宗二のオスの部分が、目を覚ましてしまったらしい。

（くそ……）

おそらく鈴にされる以前にフェラチオの経験があったなら、こんな拙い口淫で勃起することはなかっただろう。

こんな少女に、手玉に取られてしまうような自分の経験のなさが、今ばかりは、心底情けない。

「ん……そろそろ、いいかな」

勃起から口をはずし、ぼそりと小さく鈴が言う。

「な、なにをするつもり……」

「決まってる」

宗二がいやな予感を覚えて尋ねると、決然として鈴は宣言した。

「セックス、するの」

先ほど脅迫された以上、やめなさいと言っても、もう無駄だ。

ただ呆然《ぼうぜん》とすることしかできない宗二の前で、鈴はひどく硬い表情で、次の行動に打って出た。

鈴が身体を起こした拍子に、ばさりと乾いた音を僅かにたてて布団がひっくり返される。闇のなかで子細にはわからないが、それでもひどく細い、未成熟な少女の肢体の輪郭だけは、かろうじて見て取ることができる。

細い。

シルエットだけ見ても、明らかに男を受け入れる準備ができていないとわかる身体つきだ。

「ん……」

鈴が僅かに腰を上げる。

中腰の姿勢のまま、鈴は片手で宗二の勃起をゆるくつかみ、角度を調整して……そうしてそれを、自分の股間の中心部にあてがった。

生ぬるい肌の感触が、先端に触れる。

鈴のその場所の感触は、宗二の記憶にある女の陰唇のそれとは、まったく異なるものだった。

女性器特有のぬめり気などまったくなく、滑らかではあるけれど、しかしあくまで普通の人肌に触れているような感触だ。

おそらく鈴のそこは未成熟なために、大きく股を開いた状態でも陰唇が開いておらず、中の粘膜と宗二の性器が触れ合っていないのだ。

いや……それ以前に、鈴の秘部がまったく濡れた気配がないのが、いちばんの問題だ。性的に成熟していない少女が、満足な愛撫もされず、慣れないフェラをしただけで濡れるわけがない。

「鈴ちゃん、無理は……」

「してない」

その細い身体を気遣い、やんわりと制止の言葉を投げかけたが、むしろそれは逆効果だったようだ。

鈴は「そんなやさしい言葉なんていらない」とでも言わんばかりに、身体をゆっくり降ろしてきた。

「うぐ、うっ」

鈴の口から、小さく痛々しい苦鳴が漏れる。

明らかに無理をしているはずなのに、しかしそれでも彼女は頑なで、そのままさらに体重をかけてくる。

（う、うわ……）

やがて無理やりに押しひろげられるかたちで、スジ状だった鈴の秘部のその中身が、宗二の亀頭に触れた。

ねっとりとやわらかい感触は大人のそれとなんら変わらない膣のものだが、やはりそこは愛液がまったく分泌されていない。

無理だ。やはりこんな状態では、セックスなどできるはずがない。

しかし頑なになった鈴は、もう止まらない。

「う、んん、んんっ……」

あってはならない接触が、ひろがっていく。

亀頭からカリ、そして竿が、若々しい粘膜に呑《の》みこまれていく。

そして……ふつりと、宗二の先端でなにかがちぎれるような、そんな感触があった。

「う、あう、うう……っ」

びくりと、鈴の身体が震えた。つらそうに、彼女は口もとを押さえている。

思わず出そうになった悲鳴を、必死に手で押さえて我慢しているようだ。

間違いない。

今、鈴が見せた反応は、破瓜《はか》の瞬間のものだ。

フェラの不器用さから性経験が乏しいことはうすうす察せられたが、まさかまったくの無経験だとは思わなかった。

（……なんてことだ）

彼女自身が誘ってきたこととはいえ、恋人でもない望まぬ相手との気の進まない性行為で、鈴は処女を失ったのだ。

「う、く、うっ、ううっ……」

よほど痛いのだろう。さすがに鈴ももう、これ以上腰を動かすことはできなくなってしまったようで、中途半端に宗二のものを咥えた状態で、ただただつらそうに身体を打ち振るわせるのみになっていた。

こんな状況では、とうぜん宗二のほうも快楽を感じるどころではない。

中学生の未成熟な膣は、やはり男を受け入れるには狭すぎる。まったく濡れておらず、べっとり勃起に張りついてくる膣粘膜はやわらかさがまったく足りず、強く握りこむように、ただ締めつけるだけだ。

そこにはセックスの心地よさなどかけらもなく、ただひたすらにキツいだけだ。

鈴が哀れでしかたなかった。

宗二にこんな思いを抱かせたくて、彼女は誘惑してきたわけではあるまいに。

これほどむなしい処女の散らしかたなんて、あっていいものか。

やはり無理やり力ずくでも彼女を止めるべきだったかと今さら後悔するが、もう、時すでに遅しである。

（……しかたない）

躊躇《ちゅうちょ》し、懊悩《おうのう》し、しかし宗二は、結局覚悟を決めるしかない。

腫れ物に触れるような気持ちで、宗二は少女の身体に腕を伸ばす。

できるだけ刺激しないよう、やさしい手つきを心がけながら宗二が触れた先は……鈴の胸もとだ。

暗闇でよくは見えないが、それでもなんとか宗二は、感触と大体の輪郭で鈴の乳首の位置を探りあて、乳輪のまわりをくすぐるようにして刺激した。

「う、んんっ、う、う」

くすぐったいのか、むずがるように身をよじるが、それでも宗二の愛撫を拒絶するようなそぶりは見せない。

あるいはそこまで気をまわす余裕がないだけなのかもしれないが、ともかくそれならば、今は好機だ。

ゆるく、やさしく、未成熟な少女を傷つけないように細心の注意を払いながら、じっくりと少女の胸に熱を与えていく。

たいしてセックスに精通していない宗二ができる、それが最大限のことだった。

鈴がやめる気がないのなら、せめてできるだけ苦痛を味わわせないように、やさしい愛撫をして彼女の痛みを中和するしかない。

だから胸をいじると言っても、強い愛撫はしない。

ゆっくり、じっくり、かすかに指の腹が乳輪に触れるくらいのささやかな接触を維持し、乳首そのものにすら触れず、乳輪の輪郭をなぞるようにして撫でていく。

幼い少女の乳首に直接触れるのがためらわれたというのもあるが、まずはこの程度からはじめないと、性感を受け入れる準備ができていない鈴にとっては、よけいに苦痛を与えることになりかねないと判断したのだ。

「ん、く、う、んんっ」

慎重な愛撫が功を奏し、やがて鈴の口から漏れる吐息に、ほんのり変化があった。つらそうに息んでいた呼吸が少しゆるみ、ほのかに、ほんの少しだけだが、苦しそうな声も和らいだように思える。

このような状況で宗二の愛撫が役立つかは、はなはだ怪しいが……幸いなことにある程度の効果はあったらしい。

「は、う、んんん、んぅ」

そして……しかし、これもまた失策だ。

幼い鈴を苦しめないようにとはじめたはずのその選択は、結果的に今度は宗二を追いつめる結果となってしまったのである。

「ん、ぅ、はう、ぁ、んんっ、はぁ、ぁ、あんっ」

わずかに、しかしたしかに、鈴の吐息に、快感を示す甘さが混じりはじめたのだ。

「あう、あ、なんか、変、かも、んんんっ」

戸惑うように言いながら、しかしみるみるうちにその声は官能を増していく。

それは、この年頃の娘が出してはならないはずの声だった。

「う、ふぁ、あっ、あっ、あん、んんっ、んぁ……んんっ」

しかもさらに……声だけでなく、彼女の身体のほうにも、明確な変化が訪れていた。

今までまったく濡れておらず、切手の裏のように張りついていた膣ヒダに、じわりと温かい粘液のようなものがにじんでくるではないか。

今さら間違えるわけがない。

これは愛液だ。女が感じたときに分泌する体液だ。

(……まずい、これは……)

この声は、この感触は危険だ。

この暗闇のなかでは、すぐそばにいる鈴の姿すら判然としていない。細くて小さい身体の輪郭はたしかにわかるが、黒くぼやけたなかでは直《じか》に触れ合っていてもどこか現実味が希薄だ。

そんななかで、明らかに性的快感を訴える女の声を聞いたら……そして、勃起にこんな感触を与えられれば、そっちのほうに意識が持っていかれてしまう。

……そう。今、宗二は女とセックスしている。

性的に興奮して濡れた膣に、勃起を突っこんでいる。

「んん、んんっ、う、うっ、んんっ、あ、あ……」

しかもさらに、鈴がひときわ残酷な追い打ちをかけてきた。

ゆるゆるとおぼつかない様子で、不器用に腰を動かしはじめたのである。

性感に突き動かされて、より快感を得ようとしての行動なのか。

あるいはそれとも、宗二に快感を与えようとしてのことなのか。

どっちなのかは定かではないが……ただひとつたしかなのは、そのいとけない性運動によって、鈴の反応がさらに官能を増してきたということだ。

「う、う、んん、う、あう、うっ」

部屋の外に声が漏れないようにと口を必死に噤んでいるが、くぐもったなかでも聞こえる吐息は、もう完全に発情した女のものになっている。

膣の具合は相変わらず硬く狭いが、それでも本格的ににじみはじめた愛液によって、ゆるく繰り出される抽挿は明確に快感を与えるものになっている。

「もしかして、おじさん、気持ちよく……してる？」

「くぅっ……そ、そんなわけ……」

とっさにしらばっくれようとしたが……セックスして、性器どうしを触れ合わせている状況で嘘などつけるわけがない。

「うそ、ばっかり。だって、ち×ちん……さっきより硬くなってる」

ぐうの音も出ない。

実際、鈴の言うとおり……いよいよ本格的に与えられるようになった快感によって、宗二の勃起は本格的に熱と硬さを帯びはじめていた。

「んん、はぁ……ん、あ、あふ、んんっ。いいよ。気持ちよくなって、ほしい」

「な……」

「だって、あん……そうしないと、対価を、払ったことに、ならないし、んんっ」

宗二に快感を与える術を得た鈴は、ここぞとばかりに性運動を繰り返してくる。

いつのまにか愛液は十分な量が分泌されていたらしく、ゆるやかで拙い腰遣いであっても、にちゅり、にちゅりと水音がはっきり聞こえるようになっている。

「う、ぐっ」

股間にねちっこい熱の塊がせりあがってくる。

じりじりとひりつくような、焼けつくような熱いせつなさが、亀頭にたまっていく。

どれほど下手な腰遣いだろうが、膣の締めつけが過度にキツかろうが、これらの刺激は、何年も女の身体に触れていなかった宗二を追いこむには十分なものだった。

「あ、あっ……んんっ、熱く、なってきてる……んんっ、おじさんのち×ちん、なんか、さらにおっきく、なってる、ああ、ああっ」

とろけたような、感きわまったような声音だった。

……もう今や、宗二には鈴を気遣う余裕はほとんどない。

歯を食いしばり、理性を振りしぼって、腰を動かすのをなんとか踏みとどまるのがやっとだ。

「く、うっ、ぐうっ、う、あああっ」

しかし、それでも……いつかは限界が訪れる。

のけぞってしまう。息苦しささえ感じてもだえてしまう。

「んんっ、う、あ。あっ、あっ、あはは、おじさん、めちゃくちゃ気持ち、よさそ」

「い、言わないでくれ、うぁ、あっ」

それでも鈴はやめてくれない。むしろ宗二の反応に気をよくしたように、熱くやわらかくとろけた鈴の膣は、無慈悲にこねるような腰遣いで宗二を追いつめる。

(ああ、だめだ、もう、もう……っ)

そして……破滅に瞬間がいよいよ迫るなかで、それは起きた。

「……え?」

もう本当に限界を迎えようというその瞬間、窓の外が、ふいに明るくなった。

どうやら、いつのまにか外の空が晴れて、雲間から月が顔を出したらしい。

「あ……」

窓から冷たい月の光が射《さ》しこんで、今まで夜の闇に紛れていた鈴の裸体が、今はじめて、宗二の目の前で露になったのだ。

そこにあるのは、想像していたよりもずっと細くて小さい、幼い少女の身体だ。腕も腰も不自然なほどに細く、胸のふくらみもほとんどない。

月の明かりだけでもあばらが浮いているのがはっきりと見える。

食事を満足に与えられなかったせいだろう、二次性徴を迎えているかすら判然としない、不健康にすら見える、哀れな身体つきだった。

けれど……そんなもろもろよりも、もっとも宗二の目をひいたのは、そんな細い身体のあちこちにつけられた、凄惨な傷痕の数々だ。

あちこちに殴られたあとのような青あざがある。

肩から胸にかけて、鞭《むち》で打ったようなミミズ腫れすらいくつか見て取れた。

凄惨な、生々しい、DVの痕だ。

脳が沸騰する。

いったいどんなもので、どれほどたくさん打てばそんな傷が残るのか。

そして……しかしなにより許せないのは、そんな少女に今、宗二が勃起した性器を突っこんでいるということだ。

（……待ってくれ……）

だめだ。こんなのは、本当にだめだ。

こんな少女とセックスするなんて、膣内射精をするなんて、あってはならない。

けれど、宗二はすでに射精する寸前だ。もう止まれない。

決壊する間際でこんなものを見せつけられても……もうどうしようもない。

「あ、ぐ、うっ、うっ、ぐううううっ」

「あ、あ……あっ、んんんっ」

びゅる、びゅうう、びゅうっ、びゅううっ。

……現実というのは、本当に残酷だ。

歯を食いしばったところで、決壊寸前の射精衝動は、とっさに止められるようなものではない。

結局、宗二はこらえきれず、その傷だらけの、細い少女の膣の奥の奥に、精子を注ぎこんでしまっていた。

「あ、あ、うう、んんっ、はぁ……」

鈴がどこか感きわまったような甘い吐息を漏らしているが……宗二はもはや、そんな彼女を気遣う余裕など、どこにも残されてはいなかった。

5

衝撃的な出来事があったとしても、日々の営みをやめるわけにはいかない。

久しぶりの性行為でいつも使っていない筋肉を酷使したためか、ふだんどおりの時間に起きて立ちあがるだけでも身体の節々が痛んだが……それでも宗二は気力を奮い立たせ、里奈と鈴の食事を作るべくキッチンへと向かった。

（あの子は……まだ寝ているか）

情事のあとのことはよく覚えていないが……どうやらいつの間にか、鈴はリビングダイニングに敷いてあげていた布団に戻ったらしい。恐るおそる顔をのぞいてみると、昨日のことが嘘のように安らかな寝息をたてている。

（……こうしていれば、かわいいだけなんだがな）

昨日はよくもあんなことをしてきてくれたものだと思う。

どんな顔をして鈴と向き合えばいいかわからない。

鈴だけではない。娘の里奈にだって、いったいどう顔向けしたものか。

「……まったく……」

さておき、まずはなにより食事の準備だ。

少し考えて、今日の朝食はフレンチトーストにすることにした。

手軽にできるし、個人的にも昨晩のことがあって少々疲れているので、糖分が欲しかったというのもある。

それだけでは野菜分が足りないので、冷蔵庫で冷ましておいたプチトマトでお茶を濁すことにする。これは里奈も宗二も好物で、おやつがわりによくつまむこともあり、常に多めに買いためているものだ。

そうと決まれば、さっそく調理開始である。

砂糖と卵をバットに入れてよく混ぜ、牛乳を入れて泡だて器でさらによくかき混ぜたフレンチトースト液に、食パンを浸して約三分。

その間に温めておいたフライパンでパンを焼けば、それでもう完成だ。

彩りと香りつけにシナモンパウダーを振りかけるのもいいが……これは好き嫌いもあるだろうから、各自好みで振りかけるようにしたほうがいいだろう。

「……おはよ、パパ」

そうして、そろそろ食事の準備が完了というタイミングで、里奈が起きてきた。

「ああ、おはよ」

どうにもやはりぎこちない返事になってしまう。

いつもならいろいろと目ざとい里奈がそんな宗二の変調に気づかないことはないだろうが……今日は様子が違っていた。

というより、里奈のほうの調子自体がどうにもおかしい。

ふだんならば寝ぼけた表情などめったに見せないくらい朝から元気なのに、今日は体調が悪いのか、どんよりと顔色が曇っている。

「……ねえ、パパ、あの子……鈴ちゃんなんだけど」

「あ、ああ」

「昨日、いっしょにお風呂入ってるとき、見ちゃったんだけど……あの子、すごいDV受けてるみたい」

「……そうなのか？」

その里奈の言葉にとっさにそう聞き返しつつ、宗二は一瞬でも、昨日の情事がばれていたのかと身がまえてしまった自分を恥じた。

「うん。身体中、あちこち傷だらけだった。青あざとか、ミミズ腫れとか……」

その凄惨な光景を思い出し、里奈はぞっと顔を青ざめさせている。

知っている。なにせ昨日の情事のとき、宗二も自分で目の当たりにしたのだから。

あれは、本当にひどいものだった。

「どうしよう。あの子、このまま家に帰らせたりするの、すごくよくない気がする。どうしよう、どうしよう、パパ」

まるでそのDVを自分自身が受けたかのように、今にも泣き出しそうな、つらそうな顔で、里奈は宗二にすがってくる。

昨日、風呂に入ったあと食事をしたときには、里奈はそんなそぶりはまったく見せていなかった。どうやら鈴が隣にいる手前、そのようなことを話題に出すのは鈴を傷つけかねないと判断して、必死に笑顔を取り繕っていたらしい。

本当に、やさしい子なのだ、宗二の自慢の愛娘は。

「警察に連絡するのも……今すぐはたぶん、よくないよね。まずはそれでも家に帰れって言われるだろうし。鈴ちゃんがちゃんと守られるようにするには、もっといろんな証拠とか集めてからのほうがいいだろうし……児童相談所とかは？」

「正直、それもよくないと思うな……ご近所さんに聞いたことがあるんだが、あまりこの地域の児相、評判よくないんだ」

「……そうなんだ。じゃあ、ホントにどうすればいいんだろ……」

どうやらたったひと晩だけで、ずいぶん鈴に感情移入してしまったらしい。

正直なところ、それは宗二も同じだった。

いきなりよばいをかけて肉体関係を強制してきたこと自体は、今でも受け入れがたい。しかし彼女がそんな行動をしてきたのも、あんな傷痕が残るような生活をしてきて、誰も頼ることができない、誰も心の底から信じられない価値観に染まってしまった結果なのだろう。

ならば、鈴だけを責めればいいというものでもないはずだ。

ただただ、あの少女が哀れでならない。

「あの……おはよ、ございます」

親子ふたりで頭を悩ませている間に、どうやら鈴のほうも目が覚めたらしい。

「え、あっ、鈴ちゃん、おはよっ。ごめん、起こしちゃった？」

「えと……甘い匂い、したから」

どこか慌てた様子で笑顔を取り繕う里奈に、寝ぼけ眼の鈴がぼんやりした表情で、あくびをかみ殺しながら答えた。

鈴が寝ていたリビングはキッチンといったいになっている間取りとなっている。さっきから食事の準備の物音もまる聞こえだったろうし、フレンチトーストの匂いも部屋中に充満しているから、どうやらそれらが目覚ましがわりになったようだ。

さておき……作戦会議はとりあえずいったん中止だ。

鈴のいるところで、先ほどまでの話題を続けるわけにもいくまい。

「とりあえず、ご飯食べようか。鈴ちゃんの分も作ったから、いっしょに食べよう」

とりなすように、宗二も里奈と同様に、できるだけやさしい口調を心がけながらそう呼びかけた。里奈のほうに「話はあとで」と目配せすると、それで理解してくれたらしく、朝食の準備を手伝いはじめてくれた。

「え……あさ、ごはん？」

まだ寝ぼけているのか、よろよろと身を起こし、立ちあがりながら、鈴は宗二の台詞に、呆けたように聞き返してきた。

まるで聞きなれない単語を耳にしたような、その意味をわかっていないような、そんなような表情である。

「あ、お米のほうがよかったかな？」

「あ、ええと……違う。違くて、そうじゃなくて……」

鈴は困惑顔で、すこしおぼつかない足取りで食卓に近づいてくる。

テーブルクロスの上に並べられた品々を、鈴はまるで信じられないものを見たかのような表情で、物珍しそうにのぞき見ていた。

「あたし……朝ご飯、作ってもらったこと、なかったから」

「……ああ、もうっ！」

その鈴の台詞に、どうやらもう、里奈は我慢ができなくなったらしい。

もはや笑顔を取り繕うこともできず、ただただせつなそうな表情に顔を歪《ゆが》めながら、里奈は鈴に駆けより、その小さな身体を抱きしめた。

「わっ、わ、な、なに。いきなり苦し……なに、なに？」

「鈴ちゃん、あなたもう、ウチにいなよ！」

「……へ？」

いきなりのその里奈の台詞を、鈴はとっさに理解できなかったらしい。

ただただ目を瞬《まばた》かせるばかりの鈴の目をまっすぐに見ながら、里奈は改めて、やさしい声で繰り返した。

「もちろん、無理とは言わないよ。でも、鈴ちゃんさえよければ……ほかに行くあてなんかがないなら、しばらくウチに泊まっていきなよ」

「え……で、でも」

「パパもいいよね？」

「もちろんだよ……けど里奈、それはせめて俺と相談してからにしなさい」

「だってパパだって同じこと考えてたでしょ？」

しれっとそんな言葉を返してくる。実際そのとおりだから始末に負えない。

少し困った顔で、それでも苦笑しながらうなずくことしかできないではないか。

「……い、いい、の？」

「ああ。ただ、里奈も言ったように強制じゃない。どうするかは鈴ちゃんが自分の意志で決めなさい。迷惑とかは考えなくていいよ。俺も、里奈も、大歓迎だから」

昨日の情事のことは、とりあえず今は、考えないようにする。

まずは、目の前の困っている少女をどう救うかだ。

人間、できることなんてたかが知れている。

それでも、手を差し伸べていける余裕があるなら……宗二も里奈も、そこでためらうことはしたくない。

「……え、と……」

さすがに鈴も、とっさに返事はできないようだ。

ずいぶん長い時間悩んだあと……鈴はほんとうに小さく、里奈の提案にうなずいた。

「じゃあ……うん、おねがい、します」

そうして……鈴は宗二の家に、しばらく引き取られることになったのである。

第二章　お礼セックスの誘い

1

「……はぁ」

　どうやら自分で思っている以上に、緊張してしまっているらしい。

　通行車輛《しゃりょう》の邪魔にならないよう、広めの場所を狙って停《と》めた車の中で、宗二はどうにも息苦しさを覚え、小さくため息をついた。

　今、宗二がいるのは、自宅のマンションから車で三十分ほど離れた場所にある閑静な住宅街である。日本の住宅地の景色などどこでも同じようなものだが、それでもやはり家並みなどが見なれないからだろうか、奇妙なよそよそしさを覚えてしまう。

（いや……違うな）

ぼんやりと窓の外を眺めながら、宗二は思いなおす。

どうにも落ち着かない気分になってしまうのは、やはり宗二が今ここにいる目的が主な原因なのだろう。

そう。宗二がわざわざワゴン車をレンタルして、自宅からそう離れていないこんな中途半端な場所で車を停めているのには、もちろん理由があるのである。

「……来たか」

落ち着かない気分のまま、さらに五分ほど待っただろうか。

宗二の視線の先、少し離れた辻《つじ》の向こう側から、ふたつの人影が現れた。

娘の里奈と……そして、奇妙な出会いをきっかけにして今、宗二の家で預かっている家出娘、早瀬鈴である。

ふたりはともに、かなり大量の荷物を抱えていた。

背負っている大きめのリュックは両方ともパンパンにふくれているし、それだけでなく両手にも、それぞれ体格に見合わないようなかなり大きなキャリーバッグを引きずっている。まるでどこかに、長期の旅行でもするのかという風情である。

ふたりはそろってどこか緊張した面持ちで、人目を避けるように小走りで宗二の乗る車に飛び乗ってきた。

「パパ、お待たせ。もう、いいよ。車、出して」

「……荷物、それだけか。てっきり何往復かするかと思っていたけど」

「あたし、持ってるもの、少ないから」

里奈に向けたはずの問いかけに答えたのは、鈴のほうだ。

宗二は改めて里奈の顔をうかがう。

ふだんは明るい宗二のひとり娘は……なにも言わず、小さくうなずくだけだ。

「……わかった」

これ以上は、なにも聞くまい。

今そこのあたりを深く掘り下げたところで、なんの益もないだろう。

だから宗二は努めてなにも考えないようにしながら、車のエンジンをかけ、その場をあとにするのだった。

……ちらりとルームミラー越しに鈴の表情をうかがおうとしたが、頑なに外を見ているだけで、そこからはなんの感情も読み取ることはできなかった。

つまるところ、要するに……これが今日の目的だ。

宗二たちは今、鈴の夜逃げの手伝いをしているのである。

ことの起こりは、鈴を宗二の家で保護するようになってから、三日目の晩。

恒例となった里奈との入浴が済んだあと、鈴が意を決したように言ったのだ。

――あたし、やっぱり家に帰りたくない。

もともと鈴の気持ちが落ち着くまでは彼女を自宅で預かろうと決めていたが、その勇気を振りしぼった鈴の発言に、本格的なかたちで鈴を自宅に迎え入れることにしたのだ。

とうぜん、だからといってそのままの状態で鈴を鹿賀家に住まわせるのは無理がある。文字どおり鈴はなんの着がえも持たず、着の身着のままの状態で宗二たちの家に転がりこんできたような状況だ。

衣類だけではなく、学校で授業を受けるために必要な教科書なども自宅に置きっぱなしの状態だ。ほかにも趣味のものや、愛用の小物だってあるだろう。

それらをＤＶをするような親のいる家に放置したままでは、長期的な生活をすることなど不可能だ。なにより鈴の気持ちも落ち着けまい。

そんなわけで……鈴の親が確実に家にいないタイミングを見はからい、さらに下着類など女の子のプライベートにかかわるものもあるだろうから、里奈にも協力してもらって、鈴の私物を運び出すことにしたのである。

宗二たちの自宅に向かうなか、車の中は、やけに静かだった。

ふだんはおしゃべりの里奈ですら、なにを言えばいいのかわかりかねている様子で、黙りこんでしまっている。

いや、むしろ里奈のほうが、鈴よりよほど深刻な表情をしているようにすら見えた。

里奈は基本の性格こそ明るいが、同時に感情移入しやすく、繊細な娘である。

おそらく、荷物をまとめる手伝いをするために入った鈴の家の中で、よほどひどいものを見てきたのだろう。

具体的にどのようなものかはわからないが……あまりにも少ない鈴の私物からも、ある程度の想像はつく。おそらく、あの傷だらけの鈴の身体のように、ＤＶの傷痕があちこちにあるような家だったのだろう。

悪いことをしたと思う。鈴の夜逃げの手伝いは、里奈のほうから立候補したものだが……ここは強引にでも宗二がするべきだったかもしれない。

鈴以上に、里奈は宗二にとって守らなければならない愛娘《まなむすめ》なのだから。

（どうしようかな、これから……）

今後は鈴だけではなく、里奈のメンタルケアも必要になってくるだろう。

前途を憂いながら、宗二は自宅への道を急いだ。

2

荷物を回収したあと、宗二たちはさっそく自宅の模様がえをすることにした。

宗二の住むマンションの間取りは３ＬＤＫで、そのうちふた部屋を宗二と里奈の部屋に割りあて、残り一室を物置として使うという構成となっている。これまでは鈴はリビングに来客用の布団を敷いて寝ていたのだが、今回改めて、その物置として使っていた部屋を鈴の部屋とすることにしたかたちである。

とはいえ、じつはやるべきことそのものは、そう多くはない。

寝具はこれまでどおり、鈴が使っていた来客用のものを使えばいいし、わざわざベッドや机などを用意することまではさすがにしない。物置にしまってあった品々を整理し、布団やもろもろのものが置けるだけのスペースを確保するだけだ。

そんなわけで……もともとこの物置をあまり使っていなかった里奈には、足りない品々と今日の夕飯の食材を買いに出かけてもらい、残る宗二と鈴で、物置の片づけをすることとなったのである。

「……本、多いね……なんか、写真集とか」

「仕事柄ね」

「……仕事柄？」

「ああ……そういえば、きちんとは言ってなかったかな。デザイナーというか……絵を描く仕事をしてるんだよ、ゲームの」

「……そんなことしてたんだ」

片づけをしながら、少し驚いたように、鈴が宗二の顔を見た。

鈴を保護したあとのここ数日、土日の休日も含めて部屋にこもって仕事をしていた時間も多少なりともあるのだが、どうやら鈴はまったくそのあたりに気がついていなかったらしい。

まわりのものごとに気づくような余裕すらなかった、ということなのかもしれない。

「じゃあ、キャラクターの絵とか、パッケージとか描いたりするの？」

「いや、俺がやってるのはもっと地味な仕事。キャラクターが旅をする世界がどういう雰囲気のものかとか、そういうコンセプトを絵に描いたりするのがメインかな。俺の絵が表に出ることはほとんどないよ。設定資料集とかで載せられるのがせいぜい」

「……ふうん？」

相槌《あいづち》を打つものの……今ひとつ宗二の説明ではよくわからなかったらしい。

まあ、そんなものである。

子供でなくても、あまり知らない職種については、具体的にどういうスタッフ構成になっていて、どのように各々が働いているか……そのあたりが想像できない人が大多数だろう。宗二だって、たとえば飛行機の運航に関する業種がどういう組織構成になっているかなんてよく知らない。

「その仕事、楽しいの？」

よくわからないなりに、しかし鈴としてはどうにも宗二の話に引っかかるところがあるようだ。

「おじさん、さっき言ったよね。絵が表に出ること、あんまりないって。自分がせっかく描いた絵なのに、それを人に見せられない仕事って……これは自分の作品だって言えないような仕事ってことでしょ。それ、楽しいの？」

「楽しいよ」

なかなか鋭い指摘をするものである。

しかし宗二は腹をたてるでもなく、苦笑しながらきっぱりとそう言いきった。

「俺の仕事はね、絵を自分の作品として描くことじゃないんだ。スタッフと相談して、意見をすり合わせて、ひとつの世界を作ることだ」

宗二の説明にもやはり今ひとつピンと来ていないようだが……それでもかまわず彼は言葉を続けた。

「それに、たしかに俺の描いた絵はそのまま世には出ないけど、そんなことは関係がないんだ。俺の描いた絵をもとに、ほかのスタッフがもっとすごい世界をゲーム内のデータとして作ってくれる。しかも3Dでね。そしてプレイヤーさんは、その俺が描いた絵をもとにした世界で、自由に冒険したり、そのなかで展開される物語に一喜一憂したりするんだよ……それはね、自分で絵を描くだけじゃ得られない、楽しくてうれしいことなんだ」

そこまで一気に語ってから、少々気恥ずかしくなって、宗二は頬をかいた。

いきなり饒舌《じょうぜつ》にしゃべりすぎた気がする。

鈴も急に勢いづいた宗二にただただ圧倒された様子で「そうなんだ」と小さく相槌を打つのみだった。

「生意気っぽいこと言って、ごめんなさい」

ただ……意外なことに、すこし間を置いてから、鈴はおずおずとそう謝った。

自分の質問が相手の神経を逆なでしかねない物言いだと、どうやらあとになって気づいたらしい。

「怒ってないよ。気にしなくていい」

むしろなんだかうれしくなって、宗二はやさしく笑顔を浮かべながらそう返した。

凄惨なＤＶにあっても、この子は人の気持ちを慮《おもんぱか》れるところを残している。

たぶんそれは、彼女にとってすごく大事な意味を持つはずだ。

やがて、ほどなくしておおかたの片づけが完了した。

「……こんなところでいいか。まだ里奈は帰ってこないけど、少し休憩しようか」

もう冬の気配を感じる季節だが、それでも室内で力仕事を続けていれば汗もかいてしまう。それを見越して薄着もしていたのだが、それでもじっとりと肌に張りつく感触が気持ち悪い。

「喉も渇いたな……お茶にしようか」

「あ……うん」

いつもならもう少し恐縮するところだが、先ほどのやりとりが引きずっているのか、鈴は今回ばかりは素直にうなずいた。

ふだんもこのくらい素直でいいのに……と内心苦笑しながら、宗二は冷蔵庫からパックのアイスティーを取り出した。

それだけでは少し寂しい気がしたので、茶菓子にクッキーも用意することにする。

このところメタボリックぎみで、宗二はお腹が出はじめているので、こういったお菓子を食べると里奈に叱られてしまうのだが、まあ今日ぐらいはいいだろう。

「ふう……」

リビングに移動し、まずグラスについだアイスティーをひと口。

冷たいお茶と、クッキーの甘みが疲れた身体に気持ちいい。

鈴も同様らしく、クッキーを口に頬張るその表情がほのかにほころんでいる。

基本的に感情表現が乏しい鈴だが、おいしい食べものを口にしているときにはどうやら表情筋がゆるむらしく、年相応に愛らしい顔を見せてくれる。

用意した食事はすべて平らげてくれているし……痩せぎすの身体つきに反して、本来は食べるのが好きな子なのだろう。

そのおかげというか、細い体型なのは相変わらずだが、出会った当初に比べて不健康な印象はだいぶ薄れたように思う。

数日ではとうぜん肉づきそのものは大きく変わりはしないものの、肌の張り、色艶は、年相応の少女らしさを取り戻してきていた。

「…………」

宗二は急に気まずさを覚えた。

先日の、鈴との情事を思い出してしまったのだ。

こんな子とセックスしてしまったのかと、改めてそのことを思い知る。

憂いに満ちた顔をよく見せることが多いために、鈴は体形はともかく、その表情は中学生とは思えないほど大人びている。

それがふいに色っぽく見えることがあって、どうにも宗二の気持ちはざわめいてしまうところがあった。

そんな気持ちで改めて見てみると……鈴のこの細い身体にも、女を感じさせる要素があちらこちらにあることがわかる。

身体はたしかに細いし、胸や腰のまるみも目立つものではまったくないが、それでもよく見れば、二次性徴の証《あかし》が皆無というわけではない。

胸もとはわずかながらもゆるやかなラインを描いているし、さらに言えば、今は汗でTシャツが張りついていて、その隆起が特に強調されている。しかも薄手の布地のせいで、ほんのり肌が透けて見えていたりもして……思わず視線が吸いよせられてしまうような色香が、たしかにそこには漂っている。

しかもあろうことか、どうやら鈴は今、ブラをつけていないらしく、そのまるみの中心部に、ぽっちりと小さな突起まで見えてしまっているではないか。

（……いかんな）

宗二は少女性愛者ではない。

少なくても鈴と関係を持ってしまう前までは、そういった類のポルノで反応するようなことは、まったくなかったし、興味もなかった。

なのに彼女と一線を越えてしまって……しかもそれが、とても久しぶりのセックスだったのが、どうやらまずかったらしい。

どうにも、鈴の身体を意識すると心穏やかでいられなくなってしまう。

つくづく、自分が情けない。

あんなセックス、あってはならないことだ。

心の通じ合うことのない、ただの取引として行われたあの行為は、そもそもセックスと表現していいものですらない。

しかも相手の鈴はまだ中学二年生で……痛ましいDVの傷痕の残る身体を差し出し、そしてその結果、あろうことか彼女は処女まで失ってしまったのだ。

そんな状況に、そんな記憶に、欲情していい要素などかけらもない。

「……ね、おじさん」

だというのに鈴はなにかに気づいたらしく、ふと思い出すような口調で言ってきた。

「エッチ、もういっかい、する？」

ピンポイントでそう言ってきた鈴の言葉に、宗二は狼狽《ろうばい》するほかない。

「……いきなり、なに言い出すんだ」

「いきなりじゃない。だっておじさん、したいって、今ちょっと思ったでしょ。あたし、人の顔色を見るのは得意だから」

責めるでもなく淡々と言う台詞に、どう答えたものだろうか。

「それにあたしの身体、今ちらちら見てたでしょ。胸とか。わかるよ、そういうの」

もう本当になにも言えず、宗二は黙りこむしかなかった。

なにからなにまで見すかされてしまっていたようだ。里奈もときどきものすごく目ざといときがあるが、なんで女の子というのはこんなにも鋭いのか。

いや、むしろ今のは、宗二がうかつだっただけかもしれない。

「い、いや、しかしな」

「あたしは……別に、いいよ」

アイスティーを飲みほして、鈴が立ちあがる。

奇妙な迫力を背負いつつ、ゆっくりと歩いて迫ってくる鈴から、なぜか宗二は逃げ出すことができない。

「それに、お礼も、まだしてないし」

「お礼って……それは、でも、前回ので十分だよ」

「違うよ」

宗二が口にしたせめてもの反論は、しかしすぐさまきっぱりと否定された。

「前回のは、泊めさせてもらったお礼。今回のは、住まわせてもらうお礼。だから、別々のお礼が必要なの」

無茶苦茶な理屈だが、その表情は、口答えなど許さない、と言わんばかりである。疲労感がどっと押しよせた。

そういったことをする必要はない。別に自分は鈴に見返りなど求めていない。初日の一回だけではなく、ここ数日、宗二はことあるごとに鈴に対しそう説いてきた。

そんな説得で鈴が簡単に価値観を改めるとは宗二自身も考えてはいないが……それでもいざ本人からこんな誘惑をされてしまうと、なにもかもが無駄だったという無情な現実を見せつけられたような気がして、暗澹《あんたん》たる思いになる。

「……いいもん。勝手にはじめるから」

口を噤むしかない宗二が、次になにかをする前に、鈴はそう言って、おもむろに自分の服を脱ぎはじめた。

ムードもへったくれもない、見せつけるために焦らすようなこともしない、事務的とすら言えるような脱衣だが、むしろそうであるために、宗二は鈴を止めることができない。

「……前よりは、見られる身体になってる、と思う」

本人の言うとおり……露になった鈴の裸体は、先日の夜中に見たときより、いくぶんか健康的になっていた。

肌つやもよくなっているし、血色もいい。

なによりいちばん違うのは、見ていられないほど凄惨だった傷痕の数々が、完治とはいかないまでも、だいぶよくなってきている点だ。

さすがにミミズ腫れはそうすぐにはなくならないが、青あざのほうはもうほとんど目立たなくなっている。

「………………」

自分でも意外だった。

これまではまったくそんなことはなかったのに……今、宗二はたしかに、この細い少女の肢体に「女」を感じてしまっている。あるいは、この少女の処女を奪ってしまったという実感が、そんな感想を抱かせているのか。

（……いや、しかし、どうする）

どうするもこうするもない。普通に一般的な倫理観から考えるなら、こんな鈴の申し出は、即刻拒否すべきものだ。前回はすぐ近くの部屋に里奈がいたから、大きな声をあげて拒絶するようなことができなかったが……今はそんなことはないのだから。

（……俺は）

わかっている。

こんな気持ちなど、抱いてはならないということくらい、わかっている。

けれど……胸の奥から這《は》いあがる、黒い感情を自覚せずにはいられない。

今、たしかに里奈はいないが……逆に言えばそれは、誰の目にもはばかれることがなく、この幼い少女の身体を、ふたたび汚すことができるということでもある。

正直、二度とあんなことはすまいと、今の今まで考えていた。

考えるだけではなく、そんなことはしてはいけないと、鈴に何度も説いてきた。

それでも鈴が、ふたたびこんな誘いをしてくるなら……もう手の施しようがない。

「……わかった」

だから、やけっぱちな気分で、宗二は鈴の誘惑を受け入れるのである。

（そうだ。いいじゃないか。だって、この子は……あいつらの娘なんだ）

3

行為は先日と同じ、宗二の部屋ですることとなった。

さすがにリビングでするのははばかれるし、鈴の部屋も危険だ。

里奈が帰宅後、すぐ間を置かずに入ってくる可能性が高いからである。

宗二の部屋は仕事部屋と兼用になっており、里奈が入ってくることはあまりないので、ここならば、もし行為の跡が残るようなことがあったとしても、なにをしたかばれることはあるまいと判断したのである。

「おいで」

「……うん」

やはり鈴は硬い表情を顔面に張りつかせていたが、それでも自分から行為を提案した以上、反抗することはない。

彼女は素直に宗二の言葉に従い、ベッドに上がって、すでに裸体になった宗二の真横に寝そべってきた。

つかず離れずの微妙な位置に、鈴の肢体がある。

肌と肌は触れ合っていないが、すぐ近くにある彼女の体温が、ほのかに感じられるような位置関係だ。

（さて……どうするかな）

まずやるべきは、きちんとした前戯だろうか。

前回は満足な愛撫をする余裕もなかったために、鈴に痛い思いをさせてしまった。

最終的にはある程度気持ちよくはなってくれていたように思うが、それでも、はじめのあたりはそうとう痛がっていたのはたしかだ。

二度目の今回まで、彼女にそんな思いをさせたくはない。

「触るからね」

ひとことそう告げてから、宗二はとりあえず、彼女の胸もとに触れることにした。

先日の行為のときもそれなりにいい反応をしてくれていたので、最初の一手としては、まずはそこから責めるのが安全だろう。

小さく鈴がうなずくのを見て、宗二はおずおずと指を伸ばし、やさしく触れた。

「ん……ふ、んっ」

いきなり乳首を触れるようなことをせず、指の腹で乳輪のまわりをなぞって、ゆるやかな刺激を与えていく。

この年代の少女の胸は、もみしだいたりするのは特に厳禁だ。

成長期のために、痛みやしこりのようなものを感じる子が多いのだ。

実際、里奈がそうだったので、そのあたりのことは宗二もよく知っている。

だから乳首を直接触らず、その周辺をやさしく撫でるくらいがちょうどいいはずだ。

「ん、んっ……」

鈴が返してくれた反応も、愛撫に負けず劣らず、ほんのささやかなものだった。

もじもじと本当にわずかに身をよじり、もどかしそうな、あるいは恥ずかしそうな表情で、小さく吐息を漏らすだけである。

だが、これで上々だ。

実際、声はまったく出ていないが、目は潤み、頬もほのかに赤みを帯びて、どこかそわそわと、落ち着かなそうに身体を揺らしている。

とても控えめではあるが、それは明らかに性感を覚えている反応だ。

(むしろ、この子……けっこう感度いいのか?)

長らく女性の肌はご無沙汰だった宗二に、そう上手い前戯ができるはずがない。

だからこそ、いちいち理屈をたてて、慎重に慎重を重ねて愛撫をしているわけだが……それでも鈴は、こんなにも明確な反応を返してくれる。

一度目のセックスでも最後のほうは膣を濡らしていたようだったし、幼い見た目や肉づきに反して、性行為に対する準備はそれなりにできているのかもしれない。

だからといって年齢的には完全に問題ありな領域なのだが……それはそれとして、これはありがたいことだ。

おかげで、少なくても鈴を気持ちよくさせる道すじがある程度見えた。

「もう少し、ちゃんと触るね」

「い、いちいち、そんなの、言わなくていいのに」

「それはだめだよ。いやだったら、ちゃんといやだって言ってくれないと」

「……別に、気にする必要ない。あたしの身体、好きにしていい。そのためにこうしてるんだもの」

「そういうわけにはいかないよ……じゃあ、俺の好きにしていいなら、改めてお願いするよ。いやなことがあったら言いなさい」

返事はなく、ふてくされたようにそっぽを向かれてしまった。

まあ、そんな反応もむべなるかな、である。

そもそもを言えば、こうして四十男に股を開くこと自体がいやなはずなのだ。

だが、そこのところを掘り返して、なんの意味があるだろう。

宗二はなにも言わず、ただひたむきに鈴の胸をもてあそぶ。

なにより大事なのは、鈴に性的な刺激に慣れてもらうことだ。

繰り返し繰り返し、しつこく乳輪のまわりを緩急をつけ、ねちっこくなぞっていく。

「ん、う、んんっ、う……」

そうしているうちに、だんだん鈴の体温が上がってきた。

性的興奮というよりは、延々と繰り返されたゆるやかな摩擦で血流がよくなっただけかもしれないが……今はそれでいい。

敏感な粘膜や性感帯でも、血が通っていないと十分にその機能は果たさない。鈴のような未成熟な少女ならば、なおさらだろう。

(そろそろ……頃合かな)

十分に鈴の胸もとが熱を帯びてきたのを見はからって、いよいよ宗二は、次の一手に進むことにした。

すなわち……乳首への直接的な愛撫である。

先日の初体験では、そういえば乳首を直接触りはしなかったので、じつは今回がはじめての乳首愛撫である。

「ん、う、うっ、んんっ」

そっと指の腹で触れただけでも、鈴はピクンと大げさに身体を震わせた。

やはりそうとうに敏感……というより、刺激に慣れていないらしい。

だが、痛がっている様子はない。

ならばここは、引かずにあえて強引に愛撫を続行すべきだろう。

(本当に……この子、小さいんだよな)

鈴の乳首は造形も色合いも、年齢以上に幼いたたずまいをしていた。

突起の造形は本当にささやかで、陥没乳首と見間違えそうなほど隆起がない。

色合いもごくごく薄い桃色で、乳輪とまわりの肌の境界も、じっくり見ないと判然としないほどだ。

前回は暗闇のなかで、その形状も色もまったく見えなかったが……こうして改めてよく見てみると、下手すれば細い身体つき以上に、触れるのをためらわれる造形だ。

だが、だからといって、もうこの手を止めるべきではない。

できるだけなにも考えないようにして、無心で、赤ちゃんのものかとすら見まがうほどのいとけない乳首を、大の大人の指が無遠慮にもてあそんでいく。

撫でまわし、指の腹でくすぐり、やさしく、しかしねちっこく、大人の欲望を塗りたくるようにして汚していく。

「あう、んんっ、ん、う、はぁ……あ、やっ」

鈴の反応はおもしろいようにどんどんよくなってくる。

声には本格的に甘いものが混じりはじめ、指先に触れる少女の体温も、夏の太陽に照らされたあとのように熱を帯びはじめてきた。

なにより注目せずにはいられなかったのは、やはり乳首そのものの変化である。

宗二の愛撫を受け、控えめな造形が、じわじわと硬く、大きくなってくる。

花のつぼみがだんだん大きくなっていくのを見るような、そんな奇妙な感動を覚える光景だ。

「乳首、大きくなってるね」

「う、ど、どういう、こと？」

「気持ちよくなってるってことかな」

「……う、そ、そうなの、かな」

今までさんざん振りまわされた仕返しに、意地悪な気持ちで指摘をすると、さすがに恥ずかしいのか、顔を赤くしてうつむいてしまった。

ふと気づく。今までずっと胸ばかりを触っていたが、しかしなぜか、鈴はどこかもどかしそうに腰を揺り動かしている。

見れば太ももも同じ様子で、もぞもぞと、まるでトイレを我慢するときのように、せつなげに、じれったそうにしきりに擦り合わせている。

漂う少女の香りもほのかに甘く、汗の匂いが混じってきているような気がする。

……少し、魔が差した。

「……おじさん？」

身体を離す宗二に、鈴がどこか不安そうな声をかけてきたが、ここはあえて無視し、彼は彼女の下半身に取りついた。

なにも抵抗がないのをいいことに、股を開かせ、彼女の腰をつかんで少し持ちあげ、そしてその股の間に頭を突っこむ。

乳首と同様、鈴のその場所をきちんと見るのもこれがはじめてだ。

発育が遅いせいなのか、この年頃なら生えていてもおかしくない陰毛はほとんど見当たらない。

クリトリスもかなり小さめのようで、スジの間に挟まれてほとんど目立たない。

先日まで処女だったので、とうぜんかもしれないが、陰唇も色素沈着はまったく見うけられず、肉ビラがはみ出してもいない、赤ん坊のようなたたずまいである。

(子供の女の子のここって……こんな感じなのか)

奇妙な感慨を覚えてしまった。

乳首に関しては、里奈がもっと子供の頃はいっしょに風呂に入っていたため、どういうものかはまだある程度記憶も知識もあったが……その場所については、さすがに里奈のものもしっかりと見たことはない。

「え、え……っ。まさか」

「舐めるね」

「ちょ、ちょっとまって、そんなのやるなんて……聞いてない！」

「なに言ってるの。鈴ちゃんだって前にやったじゃないか。だから、今回はお返し」

「え、あ……そ、そうだけど……」

指摘されて、そこではじめて自分が初日にフェラをしたのを思い出したようだ。そうすればもう反論できなくなったようで、鈴は観念して身体の力を抜いてくれる。

こういう妙に素直なところが、なんだか少しおもしろい。

場違いに微笑《ほほえ》ましさを覚えて、小さく笑みを浮かべながら、宗二は鈴のその場所に指を添え、やさしく左右に開いていく。

「え、そ、そんなことするの……」

「そうしないと、ちゃんと舐められないだろ」

くぱりとわずかに粘っこい音をたてて、とうとう少女の身体のなかで、もっとも秘するべき聖域が露になった。

奇妙な感想かもしれないが……幼く、また恐ろしく小ぶりではあるものの、その場所はたしかに「女」であった。

薄いサーモンピンクで彩られた肉ヒダに構成された膣道はひどく穴が小さく、無理をしても小指一本入れるのがやっとではないかと思えてしまう。

尿道口の少し下側、膣口の付近に少し張りつくようにしてビラビラのヒダが見えるが……これがあるいは、処女膜の名残だろうか。

よくもこんなもので、宗二の大人サイズを受け入れたものである。

ひろげたことでようやく姿をはっきりさせた陰核も小ぶりで、性感帯として発達しているようにはあまり見えないが……まあ、ものは試しである。

口の中でしっかり唾液とからめた舌を突き出し、宗二はいよいよ中学二年生の陰核へと舌を這わせた。

「ひぅ、うっ、ううっ、んんっ、んあぁぁっ」

びくんと鈴の身体がひときわ大きく跳ねる。

大きな声もあがるが、痛がっている様子はない。

ただただ未知の感触にいきなり触れられて、びっくりしてしまったらしい。

「つらい？」

「わ、わかんない」

尋ねてみても、自分自身でも感覚の処理が追いついていないようだ。

（……ふむ）

どうすべきか。どう攻略すべきか。

彼女のことを本当に案じるのならば、口で舐めるのはもう少しあとまわしにして、刺激を弱くするのも一手ではあるのだろう。

けれど……宗二は少し考えて、あえて愛撫を続行することにした。

「え、あっ、あ……あっ、んんんっ」

舌先がクリトリスに触れるたびに、鈴の腰が、びく、びくと大きく跳ねる。

その動きを許すまいと宗二はがっちりと腰をつかみ、彼女の動きを封じて、ひたすらにその小さな小さな少女のつぼみを刺激しつづけた。

（たしか……こうして吸うのがいいんだよな）

知り合いの風俗店好きの男に吹きこまれた知識を思い出しながら、愛撫のしかたに気をつけつつ、鈴の陰部をどろどろに快楽づけにしていく。

その男が言うには、クンニリングスは、ＡＶのような膣口全体を舐めるようなやりかたは、あまり女性にとっては気持ちよくないのだそうだ。

というのも、そもそも膣口のまわりは性感帯として発達していないからである。

では、どうすればいいのかというと……クリトリスを集中的に吸うのが、いちばん効果的なのだとか。

なので宗二はその言葉を信じ、唇でクリトリスに、ちゅ、ちゅとキスを繰り返す。ゆるく、しかしはっきり吸引力は感じられるだけの強さを意識して、やわらかくキスの嵐を陰核に刻みこんでいく。

吸いあげるうちに、ほのかにアンモニア臭が漂ってくる。

部屋の整理の途中で鈴はトイレに行っていたので、おそらくその名残だろう。

それを嗅いでもいやな気分にならないのは、それ以上に鈴の反応がエロいからだ。

「あ、あう、あ、あっ、あっ、あっ、あっ、んんっ、あっ、ふぁ、あぁ……っ」

果たして知り合いの言ったとおりに、愛撫の効果はてきめんだったらしい。鈴の反応は今まで見たことがないほど激しく艶《なま》めかしいものになっている。

背中がのけぞり、絶叫じみた声をあげ、きゅっと太ももを締めて宗二の頭を挟みこんでくる。

やわらかい太ももが両頬に触れ、同時に女の子特有の甘い香りが鼻をくすぐるこの感覚は、なんとも心地よいものがあるが……あいにくと今の宗二は、それらをじっくり耽溺《たんでき》する余裕はない。

それ以外にも、鈴の反応はなにもかもが激しかったからだ。

小ぶりだった陰核はぷっくりと大きくなり、触れる宗二の舌先にひくついて、快感を訴えてくる。

顎のあたりにときおり触れる彼女の膣口はどんどん熱を増していき、ぬるりと粘っこい愛液がにじみ出て、宗二の顔を汚す。

「あう、んん、うっ、あ、あっ、あん、んんん、なんか、これ、すごすぎ、ああっ」

なおも感じながら激しくもだえつづける鈴のその反応に、宗二は今や完全に心を奪われ、見入ってしまった。

(……中学生なのに、ここまで気持ちよくなるものか……?)

別れた妻との情事でだって、こんなに激しい反応をされたことはない。

当時は今以上にそういった知識を宗二が持ち合わせていなかったというのもあるだろうが……それにしたところで、これはいくらなんでも感じすぎなのではないか。

相性がいいのか。

それとも鈴に、特別そんな素質があるのか。

（ああ……これはすごいな。まずいな……）

ふと、危機感を覚えた。

今までロリコン性癖などまったくなかったはずの宗二だが、なんだかそういった性癖を持つ者の気持ちがわかってしまった気がしたのだ。

今までまったく性経験を積んでいなかった少女の性感を、一から開発していくこと。それがきっと、この手の性癖の醍醐味のひとつなのだ。

誰も足跡をつけていない純白の処女雪に一生残る足跡をつけ、踏みにじり、自分の欲望で汚し、もだえ狂わせ、そして快感の虜《とりこ》にしていくというこの背徳感は、たしかにあらがえないものがある。

わかっている。

そんなのは、いけないことだ。

まともな人間が知ってはいけない領域のものだ。

けれど……よいではないか。

なぜなら、相手は鈴なのだ。

鈴は、そんな欲望をぶつけられることを自ら望んだのだ。

だったらもう、あと戻りをする必要などない。

なおも鈴のクリトリスを吸いつづける。

ただただひたむきに延々と、致死性の毒をその愛らしい突起全体に塗りこみ、芯まで染みこませる勢いで、快楽を送りこみつづける。

「あ、あ、お、あう、あ、んぉっ、あう、うう、んんんっ、あ、お、あ、あっ」

もう呼吸するのすらしんどいのか、鈴の口から漏れる声に、野太い獣じみたものまで混じりはじめている。

陰核は先ほどまでよりさらに大きくなり、奥のほうのコリコリとした芯の感覚まではっきり唇で感じられるようになった。

もう抵抗する気力すらないのか、先ほどまで宗二の顔を締めつけていた太ももは、すでに力を失ってへろへろだ。

「あ、あっ、あ、あっ、だめ、だめっ、だめぇっ」

そして……しかし不意に、鈴の台詞がひどく焦燥感を伴うものになった。

なにかを予感しているような、せつなそうな、心細そうな、しかし明らかに快感にどろどろに溶かされたその声色を聞けば、それで愛撫をやめられるはずもない。

「あ、やだ、や、やっ、やめて、あん、ああっ、だめ、だめぇっ」

さらにどんどんと声のトーンが上がっていく。

いやだと言われても、だめだと言われても、その甘くとろけた表情を見れば、やめるわけがない。やめるわけにはいかない。

だから、さらに宗二は舐めて、吸って、いじって、吸いあげて、もっともっと、鈴の陰核をいじめにいじめぬいていく。

……そうして、鈴はとうとう限界を迎えたらしい。

「あう、うぐっ、んんんっ、んぁあああっ、あああっ、んんんっ、だめ、だめ、だめっ、あ、あっ、これ、やだ、あ、あああっ、んんんっ、ううううっ、あう、あっ、だめ、だめ、だめ、だめええっ！」

かぼそい悲鳴が、その小さな口からほとばしる。

背すじと脚がピンと伸び、あらがえないなにかに耐えるように、全身が強く息む。

そして……最後に「うっ」と小さくうめいたあと、彼女は声にならない悲鳴をあげながら、びくん、びくんと身体を痙攣《けいれん》させた。

そしてそればかりか、同時に、ぴゅ、ぴゅとクリトリスの下の尿道口からは、熱いほとばしりが断続的に噴き出してしまっている。

「うおっ」

顔になにかがぶっかけられる感触に、さすがにびっくりして宗二は思わず鈴から身体を離してしまったが、それでも鈴のその痙攣は止まらなかった。

「あう、う、んんん、あう、あう、あっ、ああっ」

もう宗二は鈴のクリトリスをいじってはいないのに、余韻だけでも快感を得るには十分なのか、ひとりで勝手に腰を浮かせ、びくん、びくんと痙攣を続け……さらに尿道口からも、例の液体が、ぴゅ、ぴゅと断続的に噴き出している。

絶頂したのみならず、あまりの快感に失禁までしてしまったらしい。

いや、色もなく、臭いも特にしないことを考えれば……もしかしてこれは、潮噴きなのだろうか。

どちらかは判然としないが、ともあれ鈴が気持ちよさに昇りつめ、感きわまったのは間違えようのないくらいたしかなことである。

しばらくすれば痙攣もおもらしもおさまったが、それでもとろんとした瞳を天井に向けて、視線を放散させたまま、鈴は力つきたようにまったく動かなくなった。

どうやら完全に、放心状態になってしまったらしい。

「……大丈夫かい？」

「あ……うん。へいき……あ、う……」

問いかけに、たどたどしくもしっかりと返事をしてくる。

幸いなことに、かろうじて正気はまだ保ったままのようだ。

やりすぎただろうか。

鈴のあられもない有様に、さすがに宗二もそう少し後悔したが……しかしどうやら恐ろしいことに鈴は、そんな宗二の反省を許さないつもりであるらしい。

「あ……ごめん。おじさんのこと、気持ちよく、してなかった……いいよ、あたしのあそこ、使っていいよ」

息も絶えだえだというのに、それでもそんなことを言って、そしてゆるゆると足を開いて、股間を改めて見せつけてきたのである。

「……鈴ちゃん、いや、それは……」

「だって、おじさんのち×ちん、すごく、おっきくなってるし……ね？」

実際、それはそうなのだ。

鈴のほうからはまともに刺激をもらっていないにもかかわらず、宗二の性器は最大まで膨張し、大きくひつき、先端は先走りでどろどろになってしまっている。

「あたしはもう、準備、万端だし」

……そして、それもそのとおりだ。

散々今まで愛撫をしてきたのだから当たり前だ。膣は全体が愛液で濡れそぼり、クリトリスどころでなく膣口や尿道口までが、ほぐされてうねうねとうごめいている。どこまで自覚しているかどうかは定かではないが、それはもう完全に、男を心待ちにし、誘惑する女の穴のありようだった。

「おじさん……」

……もう、どうにでもなれ、である。

「……わかった」

誘惑の声に、細い身体にのしかかる。

火傷《やけど》しそうなくらいに熱くなった怒張を、鈴の幼い膣口にあてがう。

「ん、ぁっ」

それだけでも鈴は心地よかったのか、甘えたような吐息を漏らす。

膣口まわりはあまり性感帯として発達していないという話は、いったいどこに行ったのか。今の鈴の反応は、明らかに性器どうしのこのささやかなふれあいにも、はっきりと快感を覚えたがゆえのものではないか。

いや……要するに、本来性感帯ではない場所まで性感帯になるほど、彼女は興奮しているということか。

「……来て」

そして……最後に、この最悪の誘惑である。

なにか考えるよりも先に、その甘い声に突き動かされて、腰が動いてしまった。

「う、おお、おおっ、おおおおおっ」

「あう、あっ、んんっ、あぁ……入ってくるぅ……」

どうにもならない、雄叫《おたけ》びじみた声があがる。

鈴の口からも、待ちに待ったと言わんばかりの歓声があがる。

そうして宗二は最後の理性をかなぐり捨て、今度こそはっきりと自分の意志で、一気に腰を前に進め……勃起を、生殖器を、女子中学生の膣内の奥に男性器をねじこんだのだった。

「あ、はぁ……んんっ、あ、おっきぃ……」

そうとうに無理なサイズを狭い膣にぶちこまれているにもかかわらず、鈴がうっとりした声をあげている。

とりあえず鈴が苦痛を感じなかったのはひと安心といったところだが……宗二はしかし、そんな鈴の反応に安堵のため息をつく余裕すらなかった。

（な、なんだ、鈴ちゃんのここ……）

鈴の秘部の具合が、先日の一回目の行為のときとは、同じ膣のものだとはまったく思えないほどに、様子が違っていたのだ。

年相応に狭さはたしかにあるが、一回目に感じた処女特有の硬さはほとんどない。愛液は前回のクライマックスのときよりさらに潤沢に分泌され、膣ヒダも柔軟にふやけてとろとろの溶けたチーズのようになっている。

幼いながらに、男の欲望を迎え入れ、快楽を与え、そして精を搾り取ろうとする、完全に女の器官として完成された姿がそこにはあった。

「……へ、へへ。おじさんの顔、気持ちよさそう」

自分だってそうとう余裕がないだろうに、薄く笑みを浮かべてそう言ってきたのは、おそらく挑発のためだろう。

大の大人が、中学二年生の女の子の性器に夢中になって、情けない……と彼女はそう言っているのである。

「……くっ」

素面であればそんな安い煽《あお》り文句なんて、軽く受け流せたに違いない。

けれど今は、だめだ。

そんな余裕など、あるはずもない。

煽り文句になぜだか股間がカッと熱くなって……宗二は今までいちいち入れていたはずの断りを入れることもできず、腰を力強く動かしはじめた。

「あ、あっ、あん、んんっ、う、あ、あっ」

遠慮のない突きこみにもかかわらず、鈴の喘ぎ声にはつらそうな感じはない。

どれだけミニマムサイズの膣であっても、今まで散々慎重に、執拗に愛撫を重ねられ、潮噴き絶頂までさせられたあとであれば、本格的な性運動を快く受け入れることができるようになるものらしい。

「ん、う、あう、んんんっ、はあ、あん、んんっ、んんっ、あ、なんか、すごい、あ、あっ、んんんっ、う、ああっ」

……それは、ただただ不自然な光景だった。

今、宗二が組みしき、男性器を挿入してピストン運動をたたきこんでいるのは、まぎれもなく子供の身体だ。

なのに、見るがよい。

白い肌は朱色に染まり、汗ばんで、快楽の熱病にもだえている。

すでに愛撫を与えられなくなったはずの乳首も、ピンと硬く勃起して、うれしそうに快感を訴えている。

記憶のなかの妻との情事よりも、はるかに女を感じさせる反応だった。

「鈴ちゃん、気持ちよく、なってる？」

「あう、うっ、し、知らないっ、知らないっ」

尋ねてみると、なんともかわいらしい反応が返ってきた。

まるで恋人どうしのはじめてのセックスで、思いのほか感じてしまって、それを恥じるかのようなもの言いである。

（……くそっ）

なんだか、急にむなしくなった。

めったにないほど気持ちいいどろどろのセックスをしているのに、鈴は本当はこの行為に乗り気ではなく、宗二を受け入れてはいないことを知っているからだ。

これは彼女にとっては取引の対価を払っているだけの性行為にすぎない。

細い身体を組みしき、腰の突きこみで身も世もなくもだえ狂わせているというのに、心はまったくつながっていない。

宗二だってもとより、そんなことまで彼女との行為で求めているわけではない。

けれど、それでも、この味気なさが、宗二にとってはただただむなしかった。

離婚の直前、妻の愛を感じなくなったあと、義務的にしたセックスを思い出す。

「気持ちいいなら、気持ちいいって言いなよ」

暗い感情が湧きあがる。そう言いながら、ピストン運動だけでなく、宗二は鈴の乳首もふたたびいじりまわしていく。

腰遣いにも注意して、たんに激しく抽挿をするのではなく、じっくりストロークを活《い》かして、カリ首を膣ヒダに引っかけ、より摩擦を感じさせるように心がける。

「あ、あっ、んん、あ、そんな、や、あっ、あっ、ふぁああっ」

ただでさえ甘くとろけていた鈴の喘ぎ声が、さらにワントーン高くなる。

きゅんきゅんと膣がひくつき、腰がひとりでに浮いて、どうにもならない快感に、両手でシーツを握りしめながらもだえ狂う。

「あう、うっ、あ、あっ、あ、ぐっ、んんっ、い、言わない、しっ」

ここに来て、急に鈴は頑なになった。

あるいは鈴も、どこかで感じているのではないか。快感を認めてしまえば、それだけ情が移る。そうして宗二に心を開いてしまうのを、拒んでいるのではないか。

両目からは涙腺がゆるんでいるのか涙を流し、涎までみっともなく口もとから垂らしているのに、鈴はまだ宗二に心を開いてくれないのだ。

そろそろ、本格的に頭に来た。

「よし……そっちがそのつもりなら……こうだ」

もはやなにも断りを入れることなく、宗二は体位を入れかえることにした。

今まで正常位で組みしいていたのを、鈴の小さな身体をひっくり返し、無理やりうしろを向かせる。

セックスの勢いで身体が前にずれていかないようにベッドの脇の壁に手をつかせ、膝立ちになって向けられたお尻に、宗二はふたたび勃起をねじこんだ。

「うあ、あ、あああっ、んぁあっ。ひぃあああっ」

甲高い快楽の声があがるが、しかし宗二の責めはそれだけでは終わらない。

ピストンをしながらうしろから抱きしめ、身体を密着させ、そして右手を鈴の股間へと伸ばし……クリトリスまでも快楽の毒を刻みつけていく。

「あ、あっ、それ、あう、お、あ、んぁ、あああっ」

今度こそ、身も世もない絶叫が鈴の口からほとばしった。

後背位は正常位よりもさらに奥へと男性器が挿入されやすい体位だ。しかも今のように膝立ちだと、Ｇスポットへの刺激もかなり激しいものになり、さらに加えてクリトリスまで愛撫されたとなると、中学生の小さな身体では耐えられるものではない。

さすがになんの開発もしていない状態で、Ｇスポットへの刺激でそう大きな快感を得られるかはわからないが……少なくてもクリトリスで気持ちよくなれるのは先ほどの前戯で実証ずみだ。

「ほら、ほら、これなら、気持ち、いいだろう？」

「あ、あう、ああっ、わ、わかんない、わ、わかんないっ、あ、ああっ」

カリをぐっと膣ヒダに押しつけるように角度をつけて突きこみながら、クリトリスを人さし指でくりくりと転がしつづける。

ひとピストンごとに鈴の甘い声はますます人間性を失っていき、かわりに膣からあふれる愛液は、どんどん熱く、そして粘り気を帯びてくる。

「あ、う、あ、あっ、んんっ、んぁあっ、あ、あっ、あんっ、あっ」

「くっ、鈴ちゃんのここ、めちゃくちゃからみついてきて……あぁ……」

……そろそろ、宗二も限界だ。

腹の奥から湧きあがる射精衝動に、つい腰の動きも激しくなる。

今まで鈴を気持ちよくさせるのに躍起になっていたはずなのに、もうそれどころではなくなって、欲望そのものを鈴にたたきつけ、彼女の膣で射精することしか考えられなくなってくる。

「あ、あっ、あ、お、あ。ああ……ああ、ああっ」

小さい子供の身体で、そんな暴力的な性衝動を受け止めきれるわけがない。

ずんずんと容赦のない突きこみによって、いつの間にか鈴の身体は壁ぎわに追いやられ、へばりつくような姿勢になっている。

それでも、宗二は性運動をやめない。

鈴の身体を気遣えるような理性は、もう彼には残っていない。

だって、こんなにも気持ちいいのだから、やめられるはずがない。

（ああ、まずい、まずい、まずい……！）

睾丸から熱い濁流があふれ出す。たまりにたまった淫らな熱が爆発する。

ふくれあがった生殖衝動が、鈴への征服欲となって、もう抑えきれない。

そして……だというのに、鈴はとうとう、その言葉を口にしたのだ。

「あ、あ、んんんっ、いい、いいっ、気持ちいいっ、気持ち、いいよぉっ」

「な……!?」

もう鈴のほうも、まともな理性など残っていないのだろう。

今まで散々拒んでいた快感の言葉をすんなり素直に繰り返す。

それればかりか、あろうことか……鈴は自ら、快楽を求めて腰を使いはじめた。

くねくねと、たどたどしく、しかし献身的なそれは、おそらく完全に無意識のものだろうが……だからこそそれは、ぞっとするほどに淫靡《いんび》だ。

「うぐ、う、ああっ」

今まで宗二が握っていた快感の手綱が、制御不能になる。もう、やめられない。熱くなる。あふれ出る。つらくて、せつなくて、自分自身がわからない。

「す、鈴、ちゃんっ」

「あ、あっ、あ、あっ、いい、いい、気持ち、いいっ、あ、あっ」

情けなく宗二は鈴の身体にすがりつくようにして抱きついて……そしてその次の瞬間、ふたりは最後の瞬間を迎えたのである。

びゅる、びゅく。びゅるる。ぶびゅうっ。びゅううううっ！

びくびく、びく、びく、びくん！

「あああっ、あう、ああっ、い、あ、ああっ、んんぁああああっ」

たった一度の射精で、逆流してあふれ出るほどの量を、宗二は鈴の中に注ぎこむ。

「あ、あ……あは。いっぱい……あぁ……精子……いっぱい……」

そして……鈴は、やはり女であった。

絶頂による大きな快楽に翻弄され、全身を痙攣させながらも、その汚濁のすべてを、彼女はうっとりしながらすべて受け止めたのだ。

4

射精の瞬間から、どれくらいの時間が経っただろう。

長引く絶頂の余韻にしばらく耽溺したあと、宗二はゆっくりと腰を引き、まだ快感の名残で硬さを残す男性器を鈴の膣から引き抜いた。

……改めて見ると、鈴は惨憺《さんたん》たる姿となっている。

宗二に押さえつけられ壁にへばりつくような姿勢になっていた小さな身体は、支えを失い、力なく崩れ落ちている。

あまりの快感に朦朧《もうろう》としているのか、その瞳には生気がまったく感じられず、ぴくりぴくりとときおり痙攣する股間の中心からは、白濁が泡だちながら逆流してシーツを汚していた。

薄く残っているＤＶの傷痕と相まって、手ひどいレイプをされた直後のようにしか見えない。

正直、罪悪感はない。

誘われたからとはいえ、宗二だって自分の意志で彼女に触れたのだ。

ただ、否定しようもない後味の悪さは、どうしても残る。

「……今回のセックスは、よくなかったね」

それでもつい、そんな苦言を呈してしまうのは、根っからの性格ゆえだろう。

どうやらここまで手を汚しても、まだ自分は善人ぶりたいらしい。そんな自分自身に気づいて、宗二は苦虫を嚙《か》みつぶしたような顔になる。

「……そうなの？」

口にした台詞はもう引っこめられない。気まずそうに宗二は顔をしかめるが、鈴はただ不思議そうに小首を傾げるのみである。まだ寝ぼけたような瞳から察するに、鈴のほうはまだ絶頂の余韻が抜けきれていないらしい。

「痛くなかったし、気持ち、よかったよ？」

「痛くなかったのはなによりだけど……セックスっていうのはね、気持ちよければいいってものではないんだよ」

問われてしまえばもう答えるほかないが、しかしそのかいなく、鈴は呑みこめなかったようで、ただただ不思議そうに、宗二のほうをぼんやり見あげている。

いつも顔面に張りついているどこか物憂げな雰囲気は、今は脱力しているせいか、なりを潜め、年齢相応のあどけない表情になっている。

「……どういうこと？」

うつろな視線を向けながら問いかけてくる鈴に、宗二は苦笑を返すしかない。

どうにも変なところで、鈴は知りたがりになる。

「いくら気持ちよくっても……そうだな。たとえば心が一方通行だったり、まわりの迷惑を考えてなかったりすると、ろくなことにはならないもんだよ。結局それが誰かを傷つけることになったりすることだってある」

「よく、わかんない」

「わかんないか」

まあたしかに、まだ中学生の鈴には、あまり想像がつきづらい話かもしれない。

冷めた表情をすることが多いとはいえ、まだ恋に恋するような年頃なのだ。

そんな少女が、たとえ夫婦や恋人の関係であっても、相手が心の底から望まなければそれはレイプになりえるし、その場合はたとえ快感が伴っていたとしても、DVとなんら変わらないものであるとか……そんな発想にいたるには無理がある。

現に今、鈴がやってきた行為が、ほとんどそれそのものだとしても、である。

「……ともあれ、セックスは気持ちよければいいって考えは、やめときなさいって話だよ」

今すぐにわからなくてもかまわない。

せめて頭の片隅に置いておいて、それでふとしたときに思い出してくれればいい。

そう願いながら、宗二は念を押すように改めてそう言った。

「実際ね、昔、親しかった人のなかに、そこらを勘違いしたやつがいてね。結果的にそれが原因で、まわりの人間が全員不幸になったことがあったりもしたんだよ……もう二度と、あんな思いをするのはごめんだな」

ついでにやんわりと「だからもう、二度とセックスの誘いなんてしてくるな」と言ったわけだが……果たしてそれが鈴に通じたかどうか。

なおも呑みこめない表情で宗二の顔を見あげてくる鈴を一瞥《いちべつ》し、宗二はそっと密かにため息をついた。

「まあ、いいや。とりあえず片づけよう。里奈に現場を見られたりしたらまずい」

「……あ、うん」

さすがに、そこはばれたらまずいという意識くらいはあるらしい。

よたよたとしつつも、鈴はすぐに着がえ、行為の跡をごまかすのを手伝ってくれた。

……里奈が帰ってきたのは、シーツを片づけ、壁に付着した汚れを拭き取り、なんとか部屋をもとどおりの体裁に整えられた、わずか五分後のことであった。

5

「ああもう疲れたっ。汗めっちゃかいたし、鈴ちゃん、鈴ちゃん、お風呂入ろ！」

鈴が宗二とともに、行為の後始末をした数分後、買い出しから帰宅した里奈が、いつもの元気な声音で鈴にそう言った。

居候の身の上というのもあるが、どうにも里奈の言動は邪気がなくて断りづらい。

特に断る理由も思いつけず、鈴はおとなしくその誘いに乗ることにした。

……が、しかし、今回ばかりはその選択は失敗だったかもしれない。

「どうしたの、鈴ちゃん？　なんかもじもじして。トイレ？」

「えと、そうじゃ、ないんだけど……」

正直に言えるわけがない。

なにせ、さきほど宗二に、膣内にたっぷり精液を中出しされたばかりなのだ。

下手に動けば股から精液が垂れてきそうで、どうしても挙動不審になってしまう。

片づけをしたとき、ティッシュで拭いてきたつもりだったが、どうやら鈴の思った以上に、中に射精されていたようだ。

風呂に入っている間に、宗二の部屋に充満していた行為の匂いも抜けるだろうし、いい時間稼ぎができると鈴は思ったのだが……明らかにこれは失策だった。

とはいえ、もう「やっぱりなし」と断る勇気は鈴にはない。

結局、里奈に引っ張りこまれ、鈴は全裸になり、浴室に入っていくしかなかった。

「ふう、やっとひと息つけたねえ」

「う、うん……」

不幸中の幸いだったのは、まず汗を流そうということで、最初にしっかりめに身体を洗うことができたことだ。

それでも里奈の見ている前で、石鹸《せっけん》の泡に紛れこませるようにして膣に指を突っこみ、中の精液をかき出す作業は、そうとうに緊張を伴うものだった。

里奈にどこまで性知識があるかはわからないが、相手は鈴より年上の女の子である。精液が実際どんなものかはさすがに知っているだろうし、流れている白濁を見とがめられれば、容易にばれてしまっても不思議はない。

気まずいったらない。

なにせ、つい先ほどまでセックスしていた相手の実の娘と風呂に入って、彼女の目の前で、その際の精液を処理しているのだから。

「……ひょっとして、気にしてる？」

「え、な、なにが？」

「家出して、ウチの居候になること。別に気にしなくていいよ、ホントに。パパもわたしも大歓迎してるし」

どうやら里奈は、鈴が緊張の表情を浮かべているのを、別の方向に解釈してくれたらしい。少し申しわけない気分にもなったが、そう解釈してくれるのはありがたい。悪いと思いつつ、鈴はできるだけ気をそらすため、彼女から出してくれた話題に乗っかることにした。

「……ほんとうに、いいの？」

「だから、いいってば。パパもよく笑うようになったし。本当にわたしたち、鈴ちゃんのおかげで助かってる部分あるんだよ」

「……そう、なの？」

「パパ、世話好きだから」

そう言って、屈託なく里奈は笑う。

ふと、はじめて会ったコンビニの軒先で、宗二がパンを食べさせてくれたのを鈴は思い出した。

世話好き……たしかに鹿賀宗二は世話好きだ。

見も知らない、しかもうさんくさいほど小汚いあのときの鈴になにかを恵むなんて、よほどの物好きでないとやろうとしないだろう。

それだけではない。いくら事情を察してくれたからといって、なんの関係もない鈴を保護して居候させようだなんて、普通に考えて、酔狂にもほどがある。

きっと彼は、根っからのお人好しなのだ。

「……ああ、でも、本当によかった」

鈴が物思いにふけっていると……いったいなにに気がついたのだろうか、里奈が唐突に、そんなほっとしたような台詞を投げかけてきた。

鈴より先に身体を洗い、お湯につかっていた里奈は湯船から身を乗り出し、鈴の肌にそっと触れてくる。

もう精液の処理は終わってちゃんと身体を洗いはじめている段階にはなっていたが、それでもこんなふうにいきなりスキンシップを取ってくると、やはり少しドギマギしてしまう。

「傷痕……だいぶよくなったね」

「あ……うん」

（傷のこと……気にしてくれてたんだ）

そのことに今はじめて気づいて、鈴はなんとも言えない気持ちになった。

思えば今まで里奈がそのことに触れてきたことはなかった。

かなり具合がよくなってきたこのタイミングで話題に出してきたのは、下手に触れると鈴を傷つけかねないと判断し、今まで我慢していたということなのだろう。

里奈も宗二に負けず劣らずの善良な人なのだ。

（……あたし）

どうにも気持ちが落ち着かない。

これでいいのか、こんなことをしていていいのかと心がざわめく。

こんな善良な人たちを、最悪なかたちで騙《だま》しているような気分になる。

居候させてもらえるお礼と称して宗二を誘惑し、股を開いたことも、なにか決定的にボタンをかけ違えてしまったような、変な気持ちの悪さが、今さらのように鈴の胸の内にわだかまりはじめていた。

（あたし……なにか、間違ってた？）

里奈は気にしない、大歓迎だ、と言ってくれはしたが、それでも鈴は自分が、そんな善良な家族のなかに紛れこんだ異物のように思えてならなかった。

第三章　初めての妄想オナニー

1

土日であっても、鹿賀里奈の朝はかなり早い。

里奈は学校で水泳部に所属しており、休日でも練習に出かけるため、平日とそう変わらない時間に起きなければならないからである。

父の宗二も里奈に合わせて食事の準備のために早起きしてくれるので、結果的に鹿賀家は、どんな日でも生活リズムが狂うことなく、健康的で理想的な朝の過ごしかたを毎日続けることができていた。

たまには昼まで寝るようなダメおじさんになりたいな、とは父、宗二の弁である。

こういうことを冗談めかして言うのんびりさ加減が、里奈としては父の性格をいちばんよく表していると思う。父子家庭で起こりそうなもろもろのトラブルがめったになかったのも、そんな父親の大らかな性格のおかげなのかもしれない。

「ん……ふあぁ……眠ぅ……」

さておき……じつは里奈は、早起きそのものは、そんなに得意ではない。

子供の頃からの習慣として根づいていて、実際、遅刻や寝坊をしてしまったような経験はないが、それでも眠いものは眠いのである。

今日も今日とて二度寝したくなる誘惑になんとか耐え、五重にしかけた目覚ましアラームも駆使して、なんとか予定どおりの時間にベッドから降りることができた。

「……ふぅ」

まだ完全起動しない脳みそにしつこく眠気がまつわりついているが、それでも一度ベッドを降りてしまえばこっちのものだ。

窓を開け、大きく深呼吸し、朝一番の冷たい空気を肺いっぱいに吸いこんで気合を入れる。そうして気分をリフレッシュさせたあと、まずは朝食より先に歯を磨こうと、里奈は洗面所へと向かっていった。

「……うん？」

いつものように冷たい水で顔を洗い、歯磨き粉をたっぷりつけて歯磨きをしはじめたところで、里奈は視界の隅、脇に置いたタオルの上に、見なれないものを発見した。

スマートフォンだ。

しかしデザインが、里奈や宗二のものとは違う、見なれない機種のものである。

ということは、これは鈴が使っているものか。

鈴がスマホをいじっているところを里奈はあまり見たことがないが、いちおう彼女も現代っ子のはしくれとして、こういった最低限のアイテムは持っていたらしい。

（っていうか、持ってたんだ、スマホ……）

そう意外に思ってしまったのは、あの凄惨なＤＶの傷痕からすると、スマホを買い与えられるような家庭環境かどうかも怪しい気がしてたからだ。

ただ、カバーもつけておらず、女の子らしいシール類の装飾もまったくなく、画面が割れているあたりは、たしかに鈴を取り巻く環境を反映しているかもしれない。

（でも……持ってるんだったら、連絡先の交換とか、しときたかったな……）

いっしょに住む以上、親睦を深めることもそうだが、単純になにか用事があったときに、すぐ連絡を取れるようになっていたほうがなにかと都合がいいことくらい、小学生にだってわかるはずだ。

それでも鈴がスマホを持っていることを教えてくれなかったのは、やはりなんだかんだで、鈴と鹿賀家にはまだ心の隔たりがあるということなのだろうか。

（……しかた、ないことなんだろうけど……）

凄惨な虐待の日々を送っていれば、容易に他人を信じられなくなってとうぜんだ。だから、それが想像できたから、鈴も宗二も、自分たちを信用しろと押しつけがましく強く言ったことはない。警戒心を露にしたり、不安そうな顔をしたときなどはさすがに「安心していい」と繰り返したりはしたけれど、それだけだ。

けれど、そうとわかっていつつも……どうしても寂しい気持ちになってしまう。

（いつか、鈴ちゃんと、本当に仲よくなれるかな……）

そんなことを考えながら、里奈はなにげなくそのスマホを手に取った。

その拍子に電源ボタンに触れてしまったらしく、ホーム画面が立ちあがる。

不用心というか……どうやら認証ロックをなにひとつかけていないらしい。

あるいはそんな知識すら、誰からも教えてもらえなかったということなのか。

「……どうしよ」

ふと、里奈は考えてしまったのだ。

あるいはこの中に、鈴が置かれている状況を知る情報があるかも、と。

じつは里奈は……そして宗二も、具体的に鈴がどのようなDVを受けていたか、そのなかでどういった日常を送っていたかを詳しく知らない。

そういったことを口にするのは、鈴にとって負担になるだろうということで、宗二から根掘り葉掘り聞くことについては厳しく止められているからだ。

父の気遣いと判断そのものは、里奈としてもなにも間違っていないと里奈は思う。

鈴のスマホをのぞき見ようと考えてしまった里奈のほうが、絶対間違っている。仲よくしようという女の子のプライベートに、勝手に踏みこもうとしているのだから。

（……けれど、でも……）

けれど一方で……いっしょに暮らすなかで、鈴が誰にも言えない痛みにひとりで耐えているのを見つづけるのも、里奈としてはとてもつらいものがあった。

今だって鈴は、里奈たちに完全に心を開いてくれているわけではない。

彼女の抱えている痛みを共有しなければ、一生この隔たりは縮まらないのではないかと思う。

「……鈴ちゃん、ごめん。本当にごめん」

長い間懊悩したあと……結局、里奈は自らの欲望に逆らえなかった。

決して届かぬ謝罪の言葉をつぶやきながら、里奈は鈴のスマホを操作しはじめた。

2

なにかにつけて、思い出してしまうことがある。

あれはたしか、小学一年生のときのことだった。

はじめて受ける学校のプールの授業で、水着に着がえるために裸になったときに、同級生たちにいきなり泣かれてしまったのだ。

原因は……鈴の背中に残っていた、大きなミミズ腫れだった。前日に母が癇癪《かんしゃく》を起こし、革のベルトを鞭がわりにして、鈴の背中を打ってできた傷である。

ふだんの体育の授業でも、なんとなく着がえのときはまわりにこういった傷痕が見えないようにとこそこそしていたのだが……はじめてのプールということで気分が浮ついて、油断してしまったのである。

クラス中が大騒ぎになり、授業どころではなくなってしまって、事情を察した担任に母が学校まで呼び出され、校長先生まで交えて話し合いをする事態となった。

当時、鈴はまだ小学一年生でとても幼く、よくわかっていなかったが……今思い返してみれば、そのときの校長室はとにかく異様な雰囲気に満ちていた。

何人も大人がいるなかで、唯一鈴を親身になって心配してくれている担任教師。あまりことを荒だてたくないのがみえみえで、教科書どおりの応対しかする気のない、ことなかれ主義の校長先生。

そして、そんな教師陣の言葉を、まるで真剣に聞く気のない、いちばんの当事者のはずの鈴の母親。

どれだけ言葉を重ねてもまったく深刻そうな顔を見せない鈴の母親の態度に、その場にいる教師陣全員がお手上げとなって、結局なんの結論も出ないまま話し合いは終了となったが……鈴にとっての本当の地獄は、むしろそこからはじまったのだった。

学校ではその事件を境に、クラスメイトから距離を取られて孤立した。

しかもそのうえ、鈴の母親のＤＶが、さらに激しくなった。

家に帰るなり、鈴の母親がぶつけてきた心ない罵声を、今でも鈴は覚えている。

「おまえのせいで恥をかいた」

「子供のくせに親に迷惑をかけるなんて生意気」

「生かされているだけでありがたいと思え」

そんな言葉が何度も何度も浴びせかけられ、そして肉体的な虐待も、今まで以上に苛烈《かれつ》になって、鈴は幾度となく暴力を振るわれつづけた。

火のついたたばこで内ももを焼かれた。

フライパンで頭を殴りつけられた。

あまつさえ庖丁《ほうちょう》のような当たり所が悪ければ死んでしまうものまで、何回も投げつけられた。

そのときに負った傷のいくつかは、ある程度目立たなくはなっているものの、それでも一生残る傷痕として、鈴の小さな身体のあちこちに刻みこまれている。

おそらくその頃……ようやく鈴は知ったのだ。

世の中の子供たちは、鈴のように暴力を振るわれているわけではないことを。

自分が受けている暴力の数々は、一般的な世の中では虐待と言われている類のものであることを。

……そして、世の大人たちは、もし虐待をしている子供がいたとしても、必ずしも助けてくれるものではないということを。

ただ……どれほど手ひどい暴力を振るわれても、それでも鈴は、自分の母親を心の底から恨んだりすることはできなかった。

母親がどんな苦労をして今まで生きてきたかを、誰よりも身近に、自分の目で見て知っていたからだ。

鈴の妊娠中に不倫問題が発覚して離婚し、身寄りも仕事のつてもないなかで、母は必死に生きてきた。

いくつかの職を転々としたあと、スナックのママをはじめたあたりで、ようやくなんとか満足に食えるだけの収入を得られるようになったが、どうやらそのスナックの客もまた、あまりたちがよくない者がかなり多かったらしい。

セクハラは当たり前、店の中で無理やり性行為を迫ったり、気に入らなかったら店の器物を破壊するような客を大勢相手にしていれば、神経だってすり減っていく。

現に鈴が店に尋ねてきたにもかかわらず、娘の目の前で母をレイプしようとした客までいたのを覚えている。おそらくだけれど、鈴の見ていないところでは、抵抗しきれずに実際に暴行されてしまったケースもきっとあったに違いない。

普通ならばそんな客は、警察を呼んで、しかるべき対策を講じてもらったりするのが正しいやりかただろう。

けれど、そんな輩《やから》でも、金を払ってくれる客なのだ。かつかつの生活を常に強いられていた鈴の母は、だからそんな客すら排除することができなかったのである。

要するに……そんな理不尽な仕事でたまったやりきれないストレスを、母は鈴にぶつけていたのだ。

だから鈴は、母に対し強く反抗することができなかった。

自分の受けている暴力はたしかに受け入れがたいが、もし抵抗して母が仕事への意欲を失ってしまったら……それはそれで、結果的に鈴は満足な生活すらできなくなり、路頭に迷うことになりかねない。

だから鈴は、自らの命を守るために、母の暴力を甘んじて受け入れることしかできなかったのだ。

それに……今考えれば愚かしいことに、鈴はそれでも、母はきっと根っこのところではきちんと親をしてくれているはずだと、そんなことも一方で考えていた。

子供はひとりぼっちで生きることなんてできない。

食事の準備をひとりではできないし、なにより生きるためのお金を得る手段が、子供にはまったくない。

だからそう信じこむことで、鈴はなんとか、DVを働く母に頼らざるをえない事態を呑みこもうとしていたのだ。

子供ひとりをきちんと育てるというのは、とにかく多大な手間を必要とするものだ。

本当に愛情がないなら、鈴のことなんか捨て置いて、自分ひとりだけで生きていくほうがよほど楽なはずだ。

だから鈴の母親が鈴の育児を放棄しなかったのは、きっとどこかで鈴のことを大切に思う心が残っていたに違いないと、そう考えるようにしていたのだ。

しかしだからといって、受けた虐待に対する気持ちを完全に整理できるわけがない。

誰かに訴えたら、またプールのときのあの事件のように大騒ぎになって、ますます鈴の立場は悪くなる。

母に直接なにか意見するのもＮＧだ。

そんなことをしても、鈴に対するＤＶはどんどん悪化するに違いない。

だから……生きるためには、ただ耐えるしかなかったのだ。

それからというもの鈴は、ずっとずっと身体と心にいくつもの傷を刻まれながら、ずっとひとりで生きてきた。

（……おじさん……）

……そして、しかしそんななかで、鈴はとうとう出会ってしまったのだ。

なんの打算もなく、なんの見返りも望むこともなく、鈴のことを本当に心配して、手を差し伸べてくれる人に。

けれど人生というのは、本当に残酷にできている。

（でも……よりによって、あの男がそうなんて……）

3

「……いゃっ、ああっ、あああっ」

息苦しさと気持ち悪さがどうにもならなくなって、鈴は悲鳴をあげながら、布団から跳ね起きた。

「ああ……はぁ……はぁ……」

怖気《おじけ》が止まらない。呼吸もまともにできない。自分の身体をぎゅっと抱きしめ、なんとか深呼吸を繰り返すが、それでも胸の動悸《どうき》はおさまらない。

どうやら、悪い夢を見ていたらしい。

実のところ、鈴にとってはこういうのは、よくあることだ。

どんな夢を見ていたかは自分自身もはっきり覚えていないのだが、おおかた母による虐待の記憶か、学校でのいじめの記憶かがフラッシュバックしたのだろう。

これればかりはいつまで経っても慣れることがない。

何度も何度も呼吸を整え、なんとか気持ちを落ち着けたあと……ふと今さらのように、鈴は自分が今いる場所がどこかわからないことに気がついた。

「……あれ……あれ、ここ、どこ……？」

壁紙も置かれている調度も、見なれた鈴の自室ではない。

一瞬パニックになりかけて、しかしすぐに鈴は、今自分がいるのが、先日宗二たちからあてがわれた鹿賀家の一室だということを思い出した。

「……そっか、今は、ウチじゃないんだ……」

思わず安堵のため息が漏れる。

実家でも、こんなふうにして夢見が悪くてうなされることが多々あったが、そのたびに母に「うるさい、眠れない」と罵声を浴びせかけられたり殴られたりしていた。

今はそんな暴力を振るわれる心配がまったくないのだ。

それは、たしかに心の底から安心できることではあるけれど、一方で違和感も覚えてしまう。それはそれで、こんなに安らかでいいのかと思ってしまうというか……慣れない環境でどうにも落ち着かない気分になってしまうところがある。

つまりそれだけ、いつも鈴は母親の暴力に怯えて日々を過ごしていたのだ。

「鈴ちゃん、どうした？」

「……あ、えっと」

ふいに声をかけられ、慌てて返事をするも、変に声がうわずってしまった。

声をかけてきたのは、居候している先の家主、鹿賀宗二だ。

どうやら鈴が悲鳴じみた声をあげたので、心配して様子をうかがいに来たらしい。

「だ、大丈夫……ちょっと悪い夢、見ちゃっただけで」

「……本当に大丈夫かい？」

宗二はひとこと「入るよ」と断りを入れたあと、ドアを開け、顔だけを出してのぞきこんだ。鈴のプライバシーを考えてのことだろうか、たんに顔色を見たかっただけらしく、彼は鈴の部屋には入ってこず、鈴の様子を見てほっとした表情を見せた。

「………………」

そんな宗二の顔を見て、なんとも言えない気持ちになって、鈴は黙りこんだ。

特に問題ないはずなのだが……なんだか、また変に息苦しくなってしまったのだ。

ぎゅっと心臓を握り、絞られるような、そんなせつないような、奇妙な感覚だ。

けれど、不思議とさっきのようないやな感じはない。

（……これ、なんなんだろう……？）

「よかった、なんでもないみたいだね」

自分自身の気持ちがわからなくて首を傾げるが、宗二はそういったこちらの表情の機微にはあまり敏感ではないようだ。

「朝ご飯を準備しておいたから、食べておきなさい」

「あ、うん」

言われて時計を見てみれば、もう朝の十時だ。

日曜なので遅刻の心配はないが、どうにも鹿賀家の布団はよく眠れる。

家にいた頃にはこんなに遅くまで寝てしまうことなんてなかった。

「……里奈さんは？」

「部活。もう出ていったよ。じつは俺も、ちょっと出社する予定があってね。悪いけど、留守番してくれるかな」

「わかった」

「あと昼食も冷蔵庫に用意しているから、温めて食べてね」

「うん」

さすがにもう二度寝をするような気分にはならない。

用事を言い終えて扉のそばから姿を消した宗二のあとを追うようにして、鈴も床から抜け出し、布団をたたんで、朝の身支度をはじめた。

歯を磨き、顔を洗い、サンドイッチが用意された朝食の席についたタイミングで、宗二は「じゃあ、あとは頼むね」と言い残して家を出ていった。

少し焦っていたような様子から見ると、もしかしたら鈴が起きるギリギリまで待ってくれていたのだろうか。

つくづく、宗二はこういうところが気遣い上手というか、やさしい。

用意されていたサンドイッチもおいしかった。

ツナや卵を挟んだごく普通のサンドイッチなのだが、さらにオーブンで少し焼き目を入れる程度に温められていて、なんだかほっとする味だった。

ゆっくり時間をかけてサンドイッチを完食して、皿を洗ったあと……鈴は少し考えて、特にやることもないのでリビングの掃除をすることにした。

別に、少しでも家事を手伝って、宗二たちに対していい顔をしようという意図があるわけではない。たんに育った環境が環境なので、鈴は無趣味なのだ。

なにか好きなことがあるかと言われても、本当になにも思いつかないので、こういうときになにをすればいいのかわからず、掃除をしてお茶を濁すしかないのである。

とはいえ、鹿賀家はリビングも、さらに言えば風呂やトイレも、もとからかなり手入れされていて、清潔さが保たれている。なので掃除もあっという間に終わってしまい、鈴はさっそく手持ち無沙汰になってしまった。

「どうしよ……ほかに、掃除するところ……」

里奈の部屋はさすがに入るのがはばかれるし……鈴は少し思いきって、宗二の部屋の掃除をすることにした。

なんだか、奇妙にドキドキしてしまう。先日、行為をしたとき以来の入室だ。

「……わ」

行為をするときには気にする余裕もなかったが、宗二の部屋は本であふれていた。

窓とドア、それにパソコンの置かれた机がある場所以外の壁は、すべて天井の高さまである本棚で埋めつくされている。さらにそんな本棚にすら入りきない本もたくさんあって、それらは机のまわりに積み重ねられ、膝の高さ程度の塔をいくつも形作っていた。整理整頓されているので、あまり汚れている印象はないが、それでもあまりに情報量が多くて、その場にいるだけでめまいがしそうになってしまう。

「……これは、あまり手をつけないほうがいいかな」

傍目には、ものが多すぎてどこになにがあるかまったくわからない感じだが、きっと宗二なりのルールで整理整頓がされているに違いない。

なので鈴は、わずかに見えている床や机の上を拭くことにした。

とはいえ、そもそも拭けるような場所の面積が限られているので、そんな気休め程度の掃除などすぐに終わってしまう。

あっという間に思いつくかぎりのことはやりきってしまって、鈴はいよいよ本格的に途方に暮れることになってしまった。

「………」

なんとなく気が抜けて、鈴はその場にへたりこんだ。

ぼんやり思う。

なんだかんだで……いつの間にか鈴も、鹿賀家での生活になじんできてしまっている気がする。

まだ本当の家族のような気安い関係にはなってはいないし、会話のなかでもぎこちなさがなくなったわけではない。

それでもこうして自然体で留守を任され、そして鈴もまたとうぜんのように家の掃除をしたりする程度には、鈴はこの家の一員としての立ち位置を確立しつつある。

こんなはずじゃなかったのに、と思う。

なにもかも自分の想定とは違う。

けれど……でも、それがなぜだか心地よい。

「……あ」

ふと気づく。本棚と壁の隙間に、この部屋に似合わないものを見つけたのだ。

ふわふわとやわらかい、マンボウのぬいぐるみである。

じつは鈴は、これと同じものを見たことがある。

少し前に、里奈の部屋に引っ張りこまれたとき、彼女の机の上にもまったく同じものが飾ってあったのだ。

おそらく里奈と宗二がどこかに遊びに行ったときに、お土産としておそろいで買ったものなのだろう。

「……いいなぁ」

微笑ましくなって、鈴の顔が思わずほころんだ。

仕事の邪魔になるということなのだろうか、置き場所そのものは部屋の奥に押しこまれているかたちだが、そのぬいぐるみはまったく埃《ほこり》をかぶっていない。

目立つところに飾ってはいないものの、本当に大切に扱われているのがわかる。

鈴が望み、けれど決して手が届かなかった、理想の家族像の一端を見た気がした。

以前の彼女ならば、こんなのを目の当たりにすれば、妬ましさでどうにかなっていたかもしれないが……しかし今の鈴は、そんな思いにかられることはまったくない。

むしろ、今まであまり知らなかった宗二の好ましい一面を発見したような気がして、うれしくなってしまう。

……また、胸の奥がきゅんとなった。

（……やっぱり、あたし、なんか変だ……）

正体不明の、どうにもままならないわだかまりに、朝方、宗二と話したときのような息苦しさを覚える。

（なんだろ、なんだろう、これ……）

その場に座っているのもしんどくなって、鈴はすぐそばにあるベッドで少し横になることにした。

「……は、ふ」

白いシーツが鈴の小さな身体を受け止める。

冬場のやや冷えた空気に、厚手の敷布団の暖かさがなんとも心地よい。

「う、んんっ」

シーツの上で身じろぎする鈴の喉の奥から、甘えた猫のような声が漏れる。

胸の内にまつわりつくもどかしさをなんとかしたくて、伸びをしたり、ごろごろと転がったり、そんなことを繰り返し、鈴はベッドの上でしばらく身もだえしつづけた。

「あっ……」

そして……そんなことをしたものだから、鈴は気がついてしまった。

（おじさんの、匂いだ）

傍目にはベッドのシーツは清潔そのものだが、どうやら新品に取りかえてはいなかったらしい。

となれば、そこにはとうぜん、宗二の寝汗なんかが染みついているはずだ。

気づかないはずがない。わからないはずがない。

なにせその香りは、鈴が処女を捧げてしまった男のものなのだ。

……ふと、思い出してしまった。

鈴が経験したセックスは、二度ともここでしたものなのだ。

一度目は破瓜の傷みばかりが記憶に残っているが、二度目のセックスは、掛け値なしに鈴にとっても気持ちのいいものだった。

「……う」

お腹が、ぎゅっとせつなくなった。

じわりと熱がふくれあがり、もどかしい搔痒感《そうよう》に股間の奥がざわつきはじめる。

「…………」

躊躇は一瞬だった。

鈴は恥ずかしさに頬を赤らめながら、自分の股間に指を伸ばした。

4

実を言うと……鈴は今まで、オナニーというものをしたことがない。

そもそも宗二をセックスに誘ったのだって、男はエロいことが好きだからという打算からの行動であって、彼女自身は性的なことに、そこまで興味があったわけではないのだ。今までの環境が環境だけに、そういったところに興味を持つような余裕がなかったのである。

そんなだから、自慰のやりかたを、じつは鈴はよくわかっていない。自分以外の女の子がどういうふうにしているかだって、友達のいない彼女はとうぜん知らない。

要するにこれは、本当に本能にのみ突き動かされての行動だ。

「……ん、しょっ」

Tシャツを脱ぎ、ズボンを脱ぎ、ショーツももどかしげに脱ぎ捨てる。

ただそれだけで、鈴の股ぐらの熱はさらにぐっと熱くなった。

どうやら鈴の身体は、二度の行為で完全に覚えこまされてしまったようだ。

ここで裸になれば、自分は必ず気持ちよくなれるのだと。

ここは、裸になって気持ちよくなる場所なのだと。

「……ん、んぅっ」

もう、我慢できない。

でも、どうすれば気持ちよくなれるかがわからない。

だから鈴は、とりあえず宗二が自分にしてくれた行為を、記憶をたどりながらトレースすることにした。

たしか二度の行為とも、宗二は鈴の胸から愛撫をはじめていた。

まっさきに乳首から触れるようなことはせず、そのまわり、乳輪の輪郭をくすぐるようになぞっていく。

「……う、ん……あ、あれ?」

違和感を覚えて、鈴は首を傾げた。

期待したような、宗二とのセックスのときのような快感が得られなかったのだ。

どれだけくすぐりに弱い人間でも、自分自身でくすぐってもたいしてなにも感じないのと同じ理屈だ。まして鈴は、愛撫の適切な加減をきちんと把握しているわけではないので、そんなでは満足に快感を得られるわけがない。

なのだが、性経験の乏しい鈴は、その発想にたどり着くことはない。

「ん、なんで、なんで、こんな……んんっ」

首を傾げつつ、それでもそのたどたどしい愛撫を続けるしかない鈴のなかで、苛立《いらだ》ちと、もどかしさだけが増してくる。

股ぐらにわだかまる熱がどんどん粘っこくなってきて、鈴の理性を苛《さいな》む。

「ん、う、んんんっ」

だがそんな拙い自慰でも、時間をかければある程度の効果は得られるものだ。

しつこく撫でられつづけ、摩擦によって体温があたためられ、乳首の周辺に血液が集まってくる。

だんだんと花開くように乳首が硬さと大きさを増してきて、そしてそれと同時に、感度もゆるやかに増してくる。

「あ、んっ」

焦れて手もとが狂って乳首に触れてしまって、その瞬間、身体が小さく跳ねた。

「んんっ、う、あう……」

(あ、あ……これ、いい、かも……)

もちろん宗二にやってもらった愛撫からすれば、今のこの快感などまったくたいしたことはない。

けれどはじめて自慰で得られた快感に、鈴はさっそく虜になった。

不器用に、愚直に、自分が今、気持ちいいと感じる動きを繰り返す。

乳首をちょんちょんと、指先でゆるく突くように触れてみる。

そのたびに、脳の奥で小さな火花が弾けるような刺激が走って、背中が思わずのけぞってしまう。

「あ、んんっ、あ、あっ、んっ」

次第に、口から漏れる吐息のなかに自然と甘いものが混じりはじめる。

そのことを自覚し、羞恥で赤くなりつつ、同時に鈴は、感動してもいた。

これは、やばいかもしれない。すごいかもしれない。

宗二とのセックスだけでなく、自分ひとりだけで、こんな気持ちいい、エッチな感覚が得られるなんて。

「あ、あ、んっ、う、あぁ、あぁ……」

しかも……しかもである。

これでまだ序の口なのだ。

まだ鈴は、宗二にしてもらったエッチな行為の、第一段階しかやってないのだ。

これでさらに、別のところをこんなふうに触ったら、どうなってしまうのか。

鈴はドキドキしながら、いよいよ女の子の聖域に指を伸ばすことにした。

宗二はたしか、その場所を指ではなく、口をつけて愛撫をしていた。

さすがに自分自身ではその行為は再現できないので、指先を口に含んで、涎で濡らし、それを舌に見たて、クリトリスにそっと触れてみる。

「あ、あっ……ん、ああっ」

信じられないような大きな衝撃が、鈴の脳天を突きぬけた。

強い電気を流されたかのように、びくっと全身が痙攣する。

(な、なにこれ、すご、すごい……)

クリトリスの先端ではなく、包皮にくるまれた芯のある場所に触れただけだ。

だというのに、なんなのだこれは。なんなのだ、今の感覚は。

今までの乳首愛撫はいったいなんだったのかと思うほどの、強烈で鮮烈な快感が、股間から脊髄まで一気に走りぬけて……一瞬、気を失うかと思ってしまった。

「あく、う、んんんっ」

甘い悲鳴が抑えられない。視界が白んでしまい、背中が弓なりにのけぞる。

鈴が身もだえしたせいでシーツがしわくちゃになるが、もうそれを気にしている余裕はない。

ただただ気持ちよくて、それを感じることにしか頭が働かなくて、無心に指先で陰核をこねくりまわすことしか、できなくなってしまう。

腰がひとりでに浮きあがり、今この場に存在しない宗二におねだりするかのように、くねくねと淫らに腰を揺らしてしまう。

（あ、あ、あ……すごい、すごい、すごいっ）

中学生だというのにストリップ嬢さながらの淫ら腰遣いをしつつ、快楽に思考がどろどろに蕩《とろ》けながら……しかし鈴の意識はふたたび、シーツから漂う宗二の残り香に支配されている。

（ああ、やばい、やばい、あたし、この匂い、すごい、ドキドキするぅ……）

シーツに染みこんだ宗二の汗の匂い。

そして身体からにじみ出る、鈴自身の発情臭。

今、鈴の鼻孔をくすぐる匂いは、それらが混ぜ合わさって、ちょうど宗二とセックスしたときとそっくりなものになっている。

だからだろう、先日のセックスを、さらに生々しく思い出してしまう。

彼の体温を、息づかいを、彼の表情を思い出してしまう。

そしてとうぜん……彼のペニスの感触も、とうぜん思い出してしまう。

焼けた鉄のように熱くなった、ゴツゴツした肉の竿。

まさしく女を屈服させるためにあるような造形だった。

先端のつるりとした部分は鈴口が頻繁にぱくぱくとひくついて、そこから透明な先走り汁があふれていた。

かたや竿部分の造形はグロテスクで、血管が痛々しいまでに浮きあがり、触れてみればその隆起がはっきりとわかるほどだった。

それが自分の奥底にまで侵入してくる感覚は、本当にすさまじいものだ。

産道という内臓のすべてをその剛直に埋めつくされ、鈴の小さな身体では抵抗などまったく許されないほどの力で膣の奥の奥まで突きこまれ、ぐちゃぐちゃに、めちゃくちゃにかきまわされる。

そんな暴力的な行為を身体の奥深くにたたきつけられていたというのに、それでも鈴が、行為の最中にいちばん感じたのは、宗二のやさしさだった。

胸をくすぐるように撫でる手つきも、クリトリスを刺激するときの慎重な舌遣いも、今思い返してみれば、鈴への気遣いに満ちていた。

鈴の顔色をじっと見つめて、鈴の反応をこと細かに観察して……そうして彼女がいやがることを極力しないようにと、宗二はそればかりを考えていた。

（あぁ……）

胸が熱くなる。心の奥から温かいものがあふれてくる。

あんなにやさしく触れられたのは、はじめてだった。

母が鈴に触れるとき、それはいつも暴力を伴うものだった。

だから他人に触れられるというのは、鈴にとって痛いことをされるのと同じ意味を持っていた。

なのに、鈴に触れる宗二の手のひらは、とても温かくて、やさしくて……そしてなにより、とてもとても気持ちのいいものだった。

宗二の残り香を嗅げば嗅ぐほど、そのときの感覚が鈴のなかでよみがえってくる。

身体はどんどん昂《たかぶ》り、愛液もとめどなくあふれ出て、クリトリスをいじりまわす指先を汚していく。

（ああ……おじさん、おじさん、おじさん……）

気持ちのあふれるままに、心のなかで宗二の顔を思い出し、彼のことを呼び求める。

彼の顔を、彼との行為の記憶をオカズにして、鈴の幼い身体は、際限なく淫らに変わっていく。

（……あたし）

そして……ふいに、鈴は思い出した。

たしか、クラスメイトが近くの席でしていた猥談《わいだん》だっただろうか。

体臭を好ましく感じる相手とは、遺伝子レベルで相性がいいだとかなんとか。

そういった話が学術的なものとしてあるだとか。

完全にうろ覚えだが、そんなような話を小耳に挟んだ覚えがある。

（ということは……あたし）

つまり……その話が本当なら、こんなふうに彼の残り香を嗅いで発情してしまって、オナニーまでしてしまっている鈴にとって、鹿賀宗二はこれ以上ないくらいに遺伝子レベルで相性のいい相手ということにはならないだろうか。

（そんなわけ……）

とっさに、その発想に拒絶反応が起こる。

だって、相手は四十歳のおじさんだ。

子持ちだし、バツイチだし、そもそも彼の子供の里奈ですら、鈴よりふたつ年上のお姉さんだ。

（それに……それに、あの人は……）

どれほど否定の言葉を繰り返そうが……身体の火照りは嘘をつかない。

それどころか、その可能性に気づいたとたんに、鈴の身体の感度は、ますます様子がおかしいことになっていた。

全身が熱病に冒されたかのように熱くなり、どこに触れても気持ちいい。

「あう、あっ、あ、あんっ、な、なに、これっ、気持ち、いいっ、気持ちいいっ。気持ち、よすぎるよぉっ」

シーツの感触すらなんだか気持ちよくて、身じろぎして肌と擦れ合うだけで、ぴりぴりとしびれるような官能が股間に響いてくる。

さっきまでまるで性感なんか覚えていなかった乳輪への刺激も、今や全身がひくついてしまうくらいに心地よさを覚えてしまう。

「あう、うっ、んっ、うっ、うっ、うっ、ああ……」

もう、なにがなんだかわからない。自らの股間をいじりまわす鈴の指先の動きも、いつの間にか、ものすごく激しく、複雑なものになっていた。

男性器で言えば竿の部分にあたる、包皮にくるまれている突起のほぼ中心部を、指先でやや強めに圧迫する。そしてそのままこりこりと、中の芯に左右に振動を与えるような要領で指を動かしてやると、これがとんでもなく気持ちいい。

「あう、んんっ、う、あう、んぉ、あっ、あう、んううっ」

もちろん宗二にされた、口で吸われたときほどの快感はない。

あれはもう本当にどうかしているくらい気持ちよくて、まるで女の子らしくない、獣じみた声まで出てしまった。

けどこれはこれで、すごくいい。めちゃくちゃ気持ちいい。

脳がずっとアラームを鳴らしている。

これ以上気持ちいいのが続いたら、きっと絶対、自分はばかになってしまうと、そんな確信ができてしまうくらいに気持ちいい。

（もっと、もっと、もっとっ）

でも、もう止まれない。

だって、まだまだぜんぜん足りないのだ。

どれだけ気持ちよくなっても、今の鈴は宗二に抱かれているわけではない。

その点だけは、どれだけオナニーしても満たされない。オナニーをすればするほど、せつなくて、苦しくて、ますます宗二と触れ合いたくなってしまう。

「うう、んん、う、んんんんっ」

せめて少しでも彼を近くに感じたくて、だから鈴はうつ伏せになった。

膝を立て、彼の香りを少しでも感じられるようにと頭をシーツに突っこむ。

「ああ、んんっ、おじさん、おじさんっ、いい、気持ち、いいよぉっ」

顔面いっぱいに宗二を感じながら、鈴はとうとう、クリトリスへの愛撫だけでは物足りなくなり、指を秘部に突っこんで、膣内への刺激をはじめた。

鈴の細く短い指では、彼の野太い男性器のかわりとしては心許《こころもと》ないが、そんなことを言ってはいられない。

せめて彼の腰遣いを思い出して、鈴は宗二に犯される妄想に耽溺した。

「あ、あっ、あっ、んんっ、う、うっ」

四つん這いにさせられた鈴の腰を、妄想のなかの宗二がつかんでくる。

そうすると小柄な鈴はもう逃げられない。

愛液でどろどろに太ももを汚すまで前戯で焦らされた鈴は、しかしこれからはじまる暴虐の時間にすら、期待に胸をふくらませてしまう。

なにより、彼女の腰をつかむ宗二の手のひらの温かさが、不思議となんだかとても心地よくて、鈴はそれにうっとりして、骨抜きになってしまうのだ。

挿入の瞬間を妄想する。

おそらく彼のことだから「挿れるからね」と断りをまず入れて……そして、そのときばかりはちょっと意地悪にもったいぶりながら、ゆっくり挿入を開始するだろう。

「ん、あ、ああ、あああっ、ああっ、んううっ」

妄想のなかで、宗二の肉棒が入りこんできた。

圧倒的な存在感が、ずぬりと鈴の膣に潜りこんでくる。

息ができないほどの圧迫感に、全身が戦慄《わなな》く。太ももがガクガクと震え、膝立ちの姿勢すら保つのがおぼつかない。

「あう、あ、あっ、ひぁ、あっ、んぁああっ」

悲鳴とすら思えるほどの鳴き声が鈴の喉から漏れるが……しかし彼女の口もとに浮かんでいるのは、はっきりそれとわかる歓喜の笑顔だ。

「ああ、あ、来た、来た、おち×ちん、あぁ……気持ちいい、気持ちいいっ」

宗二に対しても口にしたことのない素直な快感の言葉が、身も世もなく、なんの躊躇もなく吐き出される。

本人の前では恥ずかしいし、そんなことは絶対口にはできないけれど、今はそんなことを気にする必要はまったくない。誰も聞いていないからこそ、鈴は今、思ったままの気持ちを、なにも考えることもなく口走ることができる。

「ん、あう、あ、あっ、んんっ、気持ちいい、気持ちいいっ、おじさんのち×ちんっ、気持ちいい、気持ちいいよぉっ」

愛液の分泌も、もはや本番以上にはしたなくなっていた。

透明だった少女の淫蜜は彼女自身の指にかきまわされ、本気汁が混ざりはじめているのか、どろどろの、粘度の高い白濁と化していた。

「あ、んんっ、あ、あっ、あ、あっ、あっ」

そして……やがて、じわじわとひとつの予感が腹の奥からにじみ出してくる。

「あ、あっ、あっ、あっ、い、イク、イク、イクっ、イッちゃう……」

そう……これは絶頂の予感だ。

宗二とのセックスで一度しか味わっていない感覚だけれども、それでもこれは間違いない。間違えるわけがない。

あんなにものすごい感覚を、忘れるはずがない。

じりじりと、せつないような、じれったいような、そんな感覚が、子宮の奥からあふれ出し、脳を侵食し、ぞくぞくと背中が粟立ってくる。

湧きあがる快感に共鳴し、漏れる声も一秒ごとに甲高く、さらに甘く蕩けていく。

「ん、あう、うっ、んんっ、あ、あっ、あっ」

(あ、あっ、来る、来る、来るっ)

いよいよ大きくなる絶頂の予感に、むしろ鈴は恐怖すら感じた。

まるでそれは、降りられないボートに乗って、濁流のなか、目の前に滝が迫ってきているような感覚だった。

もう逃げられない。もうやめられない。

指の動きすら鈴の意志から離れて、鈴の官能をさらなる深淵へと引きずりこんでいく。びりびりと脳の奥が麻痺《まひ》して、もう気持ちいいことしか感じられない。

宙にふわふわと浮いているような感覚のなかで、指先だけが心ない凌 辱《りょうじょく》者のように無慈悲に鈴を追いつめていく。

涎もゆるんだ口もとから垂れてしまう。

それればかりか指にかき出され、幼い造形のスジからあふれ出た愛液が太ももを伝い、ベッドのシーツを汚してしまう。

けれどそんな粗相すら、まるで彼の部屋にマーキングしているような気分になって、それでますます興奮して気持ちよくなってしまう。

「あぁ……あ、あ、あっ、あっ、あっ、あっ、あっ、あ……だめ、だめっ、だめ、だめっ、だめええっ」

妄想のなかで、宗二が鈴を抱きしめてくる。

もだえる鈴を逃がさないように、このうす暗い快感の谷底へと誘うように。

しかし鈴はその感覚に、このうえない多幸感を覚えてしまうのだ。

（おじさん、おじさん、おじさん……）

「いっ……あぁ……んぁああっ……！」

いよいよ限界が来た。

ぎゅっと身体が息む。

がくがくと体中が痙攣する。

「はっ、あ、あっ、イク、イクイクっ、んんんっ、んぁあああっ！」

びく、びくびくっ、びくんっ。

もうなにも見えない。

視界のすべてが白んで、前もうしろもわからない。

ただただ大きな快感の奔流に、鈴は打ち震えるしかない。

鈴の指を締めつけている鈴の膣もきゅっとすぼまり、そして同時に、ぴゅ、ぴゅと潮が噴き出して、宗二のシーツに大きな染みを作っていく。

（ああ……すごい、すごい……ひとりでするエッチって……気持ち、いい……）

そうして鈴は……オナニーという行為の名前も知らぬまま、はじめての自慰行為で、このうえなく上質な絶頂を味わったのだった。

5

快楽の余韻のなか、ごとりと硬い音をたてて、なにかが床に落ちた。

「……あっ」

鈴のスマホである。

先日、風呂の脱衣所に置いていたのを里奈に届けてもらって以来、肌身離さず持っていたのだが……鈴が絶頂したときにシーツを動かしてしまって、その拍子に脱ぎ捨てて脇に置いていたズボンからこぼれ落ちてしまったようだ。

慌てて拾いあげ、少し触ってみたが、どうやら動作には問題ないようだ。

もとより画面にひびが入っているので、さらに傷がつくのはかまわないが、まともに動かなくなるのは少し困る。

修理したり買いかえるような余裕はない。

今、彼女が持っているものも、そもそも母が機種変更をするときにそれまで持っていたものをお下がりでもらっただけのものだ。

もし壊れてしまったら、宗二は新品を買い与えてくれそうな気もするが、さすがにそこまで彼の厚意に甘えるわけにはいかない。

「……厚意、か」

自然とそんな発想になった自分に、なんとも皮肉な気分になる。

鈴はもう、今や宗二や里奈のやさしさを疑っていない。

「………………」

なんとも言えない気分になりながら、鈴は保存フォルダを開いて、そこに収められていた、ひとつの動画を再生した。

――んん、んんっ、う、うっ、んんっ、あ、あ……。

――う、う、んん、う、あう、うっ。

そこに映っているのは暗闇のなか、全裸で性行為にふけるふたりの男女の姿だった。

おおよそ中学二年生の女の子がスマホに保存しているような代物ではないのだが、しかも信じられないことに、それは一般的に販売されているAVではなく、モザイクのかかっていない、無修正のものだ。

個人で撮影したもので、画質も悪く、なにより暗くて、具体的になにが起こっているか、動画を見るだけでは詳細にはわからないが……それでも聞こえてくる音声は、ひどくインモラルなことが行われているのを如実に物語っている。

もっとも目をひくのは……異様なのは、男側は四十代にもなろうかという中年男なのに、女のほうは十代前半にすら見えるくらいに、不自然に若いという点だろう。

しかもどうやら台詞から察するに、その、どう見ても子供にしか見えない女のほうが、男をレイプしている状況のようにも見える。

――もしかして、おじさん、気持ちよく……してる？

――くぅっ……そ、そんなわけ……。

――うそ、ばっかり。だって、ち×ちん……さっきより硬くなってる。

「……ばかなこと、しちゃった、かも」

ぼんやりとその動画を眺めながら、鈴はぼそりとそうつぶやいた。

鈴がなぜこんなものをスマホに保存しているかといえば……ほかでもない。

その動画は、鈴がこっそり宗二との行為を隠し撮りしたものなのである。

さらに言えば、今再生しているのは一回目のものだが、じつは二回目のものも同様に鈴は隠し撮りをして、しっかりスマホの中に保存している。

「あたしは……あたし、どうすればいいんだろ」

もはや後悔しかない。

鈴はこれをネタに、鹿賀宗二を脅迫するつもりだったのだ。

6

何度となく、鈴の母親が繰り返していた言葉がある。

「あの男がいなければ」

「あいつの、あの男のせいで」

しょっちゅうヒステリーを起こし、鈴に対し、まともに会話をすることも少なかった母は、どういうことがあったかを詳しく説明することはなかったが……何度も何度も口にした罵詈雑言を総合すれば、どうやらこういうことであるらしい。

鈴の父親と母は、鈴が生まれる直前に離婚したが、どうやらそのきっかけは、父親の不倫であったということ。

もちろん親権は母が持つことになったが、裁判の場においても父親のほうがのらりくらりと立ちまわったため、たいした慰謝料は得られず、それどころかほとんど身ひとつの状態で、生まれたばかりの鈴と母親は家を追い出されるかたちになってしまったこと。そしてその結果として……鈴と鈴の母親は、満足に食べるのもままならないような貧しい日々を送らなければならないことになってしまったこと。

すべては離婚した鈴の父のせいなのだと、鈴の母は繰り返しそう語っていた。

そんな父の名前が「鹿賀宗二」であること、そしてその男が、じつはすぐ近くに住んでいることを鈴が知ったのは、今からちょうど半年前のことだ。

普通に考えれば、そんなことを知ったところでたいして意味はない。

今となっては、父親はまったく無関係の人間だ。そんな人間に会ってなにかしたところで、鈴の生活が好転するわけではないのだ。

ただそれでも、鈴は気になってしまったのだ。

母がそんなにもひどく罵る鹿賀宗二とは、どんな男なのだろうと。

何度かためらったが、結局、鈴は湧きあがる興味を抑えることができなくて、二カ月ほど前、こっそりと宗二の生活の様子をのぞきに来てしまったのだ。

そして……そこで見たのは、想像していたのとは正反対の、おだやかで温かな家庭の風景だった。

マンションの外から、窓越しにわずかに見える範囲を遠目に見ただけなので、詳しくどんな生活を送っているかまでわかったわけではない。ただそれでも、ちらちらと見える宗二の穏やかそうな笑顔が、鈴には特に印象深く記憶に残った。

……許せなかった。

自分はこんなにもつらい思いをして毎日を過ごしているのに、なんであの男はあんなにも満ちたりた顔で生活をしているのだ。

自分はこんなにもつらい思いをしているのに、離婚したとはいえ、自分はあの男の血を分けた娘のはずなのに……なんであいつは自分を助けてはくれないのだ。

しかもその鹿賀宗二が、鈴より年上の……要するに鈴にとって直接の姉にあたる女の人といっしょに暮らしていることを知って、さらに鈴は怒りを募らせた。

鈴と、その女……鹿賀里奈との間には、なんの違いもないはずだ。

なのに、なんで向こうは、あんなにも幸せそうにしているのだ。

もちろん、母の言葉すべてを信じたわけではない。

なにせ生まれてきてからこのかた、ずっとまともな愛情を鈴に注ぐこともせず、虐待を繰り返してきた母なのだ。

そんな母の言うことが、どれだけ真実だというのだろう。

ただ、もはやそんなことは、もう、どうでもよかったのだ。

怒りと嫉妬で頭に血が昇った鈴にとって、望みはただひとつだけ。

鹿賀宗二の生活を、ぐちゃぐちゃにすること。

そうしてあの男も、そしてその娘の里奈も、鈴と同じ苦しみを味わわせること。

そう……鈴が宗二と出会ったのは、じつは偶然ではない。

ずっとずっと時間を見つけて、彼のあとをつけていたのだ。

にわか雨で同じ場所に雨宿りして、それをきっかけにして彼に保護されたのは計算外だったが……それも嫉妬心にかられた鈴にとっては幸いだった。

自分のような年端もいかない少女と肉体関係を持ったことが世間にばれれば、男の社会的地位は地に落ちるに違いない。

どうにかして宗二の人生をめちゃくちゃにしたいと考えた鈴は、その作戦を思いつき、保護されたその晩に、よばいをかけるかたちで、彼と無理やり肉体関係を持って……そして隠し持っていたスマホで、その一部始終を隠し撮りしていたのである。

「……おじさん」

改めて鈴は、スマホの画面で再生されつづけている動画を見つめた。

鈴に乗られ、快楽に酔いつつ……しかし宗二は、ずっとつらそうな顔をしている。

二回目のセックスの動画を流してみても、彼の表情は変わらずつらそうだ。

口ぶり自体は自らの意志で鈴を責めたて、彼女をよがらせようと積極的に愛撫をしたり激しく腰を動かしたりしているが、そんな行為とは裏腹に、彼の顔面には、ただひたすらに悲痛そうな表情が張りついている。

これではさすがに、脅迫の種としては役に立たないだろう。

どう冷静に見ても、鈴が宗二に関係を迫って、それに逆らえず、いやいや応じているようにしか見えない。

それに……行為の最中の宗二の心遣いを、鈴はずっと身をもって感じていた。

あんな極限状態にありながら、宗二はずっと鈴が苦痛を感じないようにと気を張りつづけてくれていた。

彼が本当に心やさしい気遣いの人間で、そしてそれ以上に不器用で……けれど不器用なりに一生懸命、困った人に手を差し伸べようとすることができる人なのだと、今となっては、鈴はそのことを疑う余地がない。

なにもかもが、鈴の想定外だった。

世の中のすべてを信用せず、やさしい人間などこの世に存在しないと信じきっていた鈴は、どうせ宗二も、いちど女が股を開けば身勝手に腰を振るような、どす黒い一面が顔をのぞかせるに違いないと考えていた。

なのに……宗二は、いつもいつもやさしかったのだ。

鈴が勝手に嫉妬心をくすぶらせていた里奈も、それは同様だ。

鈴の身体の傷痕を見て、里奈はまるで自分が虐待を受けたかのように青ざめていた。

鈴をこの家に泊めたり、居候させるよう宗二に進言したのも里奈だ。
「……あたし」
なにが本当なのだろう。なにが間違いなのだろう。
自分たちの生活が苦しいのは宗二のせいだと母は言いつづけていたが……果たして
そんなことがあるのだろうか。
宗二は本当に人畜無害な人間だ。
彼が自分の意志で、誰かを害するようなことをするとは思えない。
「……うん」
ひとり、うなずく。覚悟を決め、鈴はベッドから立ちあがった。
ここでまごまごしていても、おそらく事態は進展しない。
知りたいことがあるなら、自ら動かなければ、なにもわからない。
オナニーの名残をティッシュで拭き取り、服を着て、さらに気合を入れるために顔
を洗って、鈴は家を飛び出した。
彼女が目指す先は、ほかでもない。
鈴の母がいる、彼女の実家である。

7

数週間ぶりの実家は、夜逃げしたときからほとんど様子が変わっていなかった。

表札には苗字《みょうじ》の記載すらなく、部屋の窓はその多くが割れていて、それらは取りかえられることもなくガムテープで雑な補修がされている……そんなみすぼらしい、風呂もないボロアパートの一室である。

「うっ……」

何年も暮らしてきたはずの我が家だが……錆《さび》だらけのドアノブを握るのにはひどく勇気が必要だった。

冷や汗がどっと出る。つらい日々を思い出し、ぎゅっと胸が締めつけられて吐き気が催してくる。

けれど……ここで立ち止まってはいられない。

腹に力を入れ、鈴はドアを開けて、久しぶりの我が家へ入っていった。

「……うわ」

家の中は、惨憺たるものだった。

数週間分のゴミが捨てられることなく、ゴミ袋に突っこまれただけのかたちであちこちに山と積まれており、ほのかに腐臭が漂ってきている。

足の踏み場はかろうじて残っているので、なんとか前に進むことはできるが、この有様は、おおよそ人が住むような場所ではない。

正直この状況は、記憶のなかより数段ひどい。

母はヒステリーを起こしたとき、鈴だけでなくいろんなものに当たり散らす人なので、その家は壁や柱にあちこち無数の傷が刻まれ、ボロボロになっている。

しかしそれでも、以前はかろうじて人が住める環境は維持されていたはずなのだが……今やこの場所は、その最低限の機能すら失っているようにしか見えない。

思えば、この家に住んでいるとき、最低限の掃除やゴミ捨てをしていたのは鈴だった。母に言いつけられるかたちで、それが鈴の役割になっていたのだ。

つまり鈴が夜逃げをして、そういった整理整頓を誰もやらなくなった結果、わずか数週間のうちに、このようなゴミ屋敷と化してしまったということか。

「…………」

無人かと思われたそんな家の中だったが……鈴が当初予想していたとおりに、彼女が目当てにしていた人は居間にいた。

鈴の母である。

仕事帰りで化粧を落としていないのだろう、グロテスクなほど濃い化粧をしたままの母は、ぼんやりとテレビを眺め、うつろな瞳でたばこを吸いつづけている。

そばにある灰皿には吸い殻がこんもりと山をなしており、また窓を締めきっているせいか、居間の中は煙が充満して、部屋全体が恐ろしくヤニ臭くなっていた。

「う、げほっ」

たまらず鈴は咳《せ》きこんで……どうやらそこではじめて、母は鈴が帰宅したことに気がついたらしい。

ゆったり緩慢な動きで頭が動き、じっとりと、爬虫類《はちゅうるい》じみた瞳が鈴を射貫《いぬ》く。

その視線に思わず鈴は身をすくませるが、しかし母はそれ以上なにも言うこともなく、テレビに視線を戻してしまった。

全身が腐り、落ちるような気分だ。

おかえり、のひとこともない。

どこに行っていたんだ、と叱ることもすらない。

数週間ぶりの娘の帰宅だというのに……まるで庭先で近所の猫が鳴いたのを聞いたときにするような、興味なさげな反応だった。

視界に虫が入ってきたときのほうが、まだまともなリアクションをするだろう。

要するに母は……鈴に対して、それほどの価値すら感じてはいないのだ。

わかっていたことだ。いつもこうだった。

母は、鈴の存在なんか気にも留めていない。

母が鈴になにかするのは、気にくわないことがあったときだけだ。母にとって鈴は、むしゃくしゃしたときに殴るための都合のいいサンドバッグにすぎなかったのだ。

でも、負けてはいられない。

萎えそうになる気持ちを鼓舞して……鈴は意を決して口を開いた。

「あのね……じつは、ここ何日か、お父さん、っていうか……お母さんと離婚した人と会ってたの」

その言葉に、ふたたびうつろな視線が鈴に向いた。

けれど、鈴はもはや怯《ひる》まない。怖がらない。

めげずに鈴は、言葉を続ける。

「……すごく、いい人だった。やさしい人だった」

相変わらず、母からの返事はない。

鈴の言葉に、まったく興味を示していない。

あのときと同じだ。

学校で鈴のＤＶの傷痕が騒ぎになって、教師に呼び出されたときも、母は同じような顔をしていた。

そんなの自分には関係ないとでもいうような、まるで遠い国の天気のニュースでも聞いているような顔だ。

今ならわかる。こういうときの母は、たんに現実逃避をしているだけだ。

本当ならば背負うべき責任から目を背けて、現実逃避をしているだけなのだ。

「お母さん……何度も言ってたよね。お父さんは……あの男は、不倫をして自分たちを捨てたんだ。だから今、自分たちはこんなにつらい生活をすることになったんだって……あれ、もしかして、嘘だったの？」

相変わらず、母はなにも反応しない。

それに耐えかねて、この期《ご》に及んで素知らぬ顔をする母が腹立たしくてたまらなくて、だから鈴はきっぱりとその疑問を口にしたのだ。

「もしかして、不倫したのって……あっちじゃなくって……お母さんのほうだったんじゃないの？」

長い沈黙があった。

母はじっと、にらみつけるような表情で鈴を見あげつづけ……鈴もまた、負けじと母をにらみ返しつづけた。

どれほどの間、そんなにらみ合いが続いただろう。

やがてそれに飽きたかのように、鈴の母は、ゆっくりと口を開いた。

「……だったら、なに？」

それ以上話すことはないと言わんばかりに、母はテレビに視線を戻し、たばこをふたたび吸いはじめた。

その言葉が、そしてその態度が、すべてを物語っていた。

いくつもの罵詈雑言が頭に浮かぶ。

いっそ殴ってやろうかと、拳に力が入る。

けれど、そんなことをしてもなんの解決にもなるまい。

「……そっか」

だから鈴はそれだけを口にして、決して届かぬ軽蔑の視線を投げかけて、その場をあとにすることにした。

「……さよなら」

そうして、鈴は母と決別したのである。

8

とぼとぼと鹿賀家へと戻りながら、鈴は途方に暮れていた。

「あたし……ホントにばか……」

私情に走って、勝手に逆恨みの感情のままに、鈴はとんでもないことをやらかしてしまった。

そのことを、今さらながらに鈴は思い知っていた。

まだ器物を壊したとかならば賠償のしようもあるだろうが、鈴がやらかしたことは取り返しのつくようなものではない。

なにせ……鈴と宗二は、親子なのだ。

あんなに心やさしい宗二と無理に肉体関係を持って、彼に近親相姦をしたという、決して癒《い》えない烙印《らくいん》を押してしまったのだ。

「……あれ。いや……もしかして、違う？」

はたと気づいた。

もしかしたら自分は、そもそも決定的な勘違いをしているのではないか。

つい先ほどまで、宗二が不倫していたものだと思っていたので、てっきり鈴は、自分は宗二と母の娘だと考えていたが……本当にそうなのだろうか。

最初から、考えなおしてみよう。

鈴が生まれたのが十四年前の九月。

宗二と母が離婚したのは、同じ年の二月と聞いている。

赤ちゃんが生まれるまで大体十カ月なので、宗二と母が離婚したのはだいたい妊娠三カ月目といったところだろう。

ということは、つまり鈴は、母が不倫で作った子だということにはならないか。

不倫が発覚してから離婚が決まるまでどれほど時間がかかったかはわからないが、時系列から考えて、そう考えるのが妥当なような気がする。

「……あぁ……」

鹿賀家へと向かっていた足が止まる。

パズルのピースがすべてそろった気がした。

そうであるなら、鈴が母の子として育てられ、里奈だけが宗二のもとで育てられたのもこれで納得がいく。

その理由がないからだ。宗二と鈴は、血がつながっていないからだ。

今度こそ、絶望しかない。

最初から……生まれたときから、鈴は宗二や里奈に迎え入れられる資格など持ち合わせていなかったのだ。

だって自分は、宗二と里奈が世界でいちばん憎んでいる男と女の子供なのだから。

「どうしよう……どうしよう……」

もう鹿賀家には帰れない。

実家とも決別した鈴には、本当に帰る家も、頼れる大人もいない。

いっそ本当に、誰かに身体を売って、そのお金で生きるしかないのではないか。

どうせ宗二に処女は捧げてしまっているのだ。それからも最悪のセックスしかしてこなかった汚れた身体だ。もう今さら自分の貞操になんか価値があるとは思えない。

いやそもそも、そこまでして生きたとして、こんな人生に意味なんてあるのか。

こんな汚れきった間違いだらけの身体に、生きる価値なんてあるのだろうか。

「……ああもう、やっと見つけた！」

鬱々とした気持ちで立ちつくし、うつむく鈴に、ふいにそんな声がかけられた。

声の主は……今、鈴がもっとも顔を合わせたくない相手だった。

鹿賀宗二の本当の娘、鹿賀里奈である。

第四章　いちばん熱い射精

1

里奈に連れてこられたのは、駅前の喫茶店だった。

この店は客席のほとんどが半個室となって仕切られており、ある程度大きな声で話しても、なにを話しているか外には聞こえることはない。

多少きわどい会話をしても問題ない場所、というわけだ。

「えっと、まずは、ごめん」

席に着き、注文したアメリカンコーヒーが届いたあと、里奈はまずそう謝った。

いきなり頭を下げられてもなんのことかさっぱりわからない。

話が見えず、困惑するしかない鈴を見て、里奈は慌てて言いそえた。

「あ、えと……じつはね。前に鈴ちゃん、スマホをお風呂に忘れてたでしょ。あのとき、こっそりスマホのなか、のぞいちゃってたの」

「あ……ああ」

「鈴ちゃんのことをもっとちゃんと知れるんじゃないかって、魔が差しちゃって……ごめん。本当にごめん、浅はかだった」

里奈は本当に深刻そうに謝っている。

根が善良な里奈にとっては、そんなことすらも許されざる大罪なのだろう。

たしかに里奈のしたことは褒められたことではないだろうが、もっとずっとひどいことをやらかした鈴がなにか言える立場ではない。

どうフォローしたものかわからず、沈黙するしかなかったが……どうやら本題はここかららしい。

里奈はひどく苦い顔で、懐からなにかを取り出して、それを机の上に置いた。

スマホである。里奈がふだん使用しているものだ。

「でね、そのときにね、これを見ちゃったんだけど……」

呑みこめない表情の鈴の前で、里奈はスマホを操作し、動画アプリを起動させた。

「あ……」

再生されはじめた動画を見て、鈴は頭が真っ白になった。

そこで流されたのは、おおよそ、その場にふさわしくないものだった。

裸の男女がうす暗い暗闇のなかで、なにやら腰を動かし合っている。

前もってスピーカーを落としているので音は流れないが、それでも動画の中のふたりがなにをしているかは明らかだ。

それがなんの動画か、鈴が見間違えるはずがない。

なにせ、それは鈴が、先ほど鹿賀家を出る前に見たばかりのものだったからだ。

絶望だ。これはだめだ。もう許されない。

「……どういうことか、教えてくれる?」

しかし里奈は鈴を決して怒ることはなく、ただそう尋ねるだけだ。

「この動画、不思議なんだよね。パパもすごいいやそうな顔してるし……鈴ちゃんも、ぜんぜん乗り気じゃないように見える。ふたりともこうするのを誰かに脅迫されてるみたい。わけがわかんない。なにか困ったことでもあった?　もしかして……わたしの知らないところで、パパと鈴ちゃん、なにかトラブルに巻きこまれてたりする?」

鈴はただただ、里奈のことがうらやましくなった。

あんなショッキングな映像を見てしまったのに、里奈は直情的に鈴を非難したりすることはない。なにがあったかの真相をまず知り、どう動くべきかを考えている。

彼女は本当に、こんなところまで鹿賀宗二の娘なのだ。

根っからの善人で、そして親しい相手を疑うことなんて露ほども考えない。

だからもう、この期に及んで嘘をつく気になんてなれない。

「えっと……その」

鈴は正直に、ここまでの経緯を洗いざらい話した。

自分が、宗二の元妻が不倫したときにできた、間男との子供であること。

宗二と離婚したあと、母はひどく荒れ、鈴にＤＶを繰り返しつづけたこと。

そんな状況に耐えかね、鈴は宗二や里奈を妬んだこと。

そして……宗二たちが許せなくて、宗二を破滅させようとして、宗二を無理やり誘惑して、肉体関係を持ったこと。

「……そっか」

すべてを聞いたあとでも、里奈はそれだけを口にして、鈴を糾弾するようなことは言ってこなかった。

ただただ気まずい、地獄のような沈黙が続いた。

自分からなにか言い出せるはずもなく、鈴も断罪のときを待つ死刑囚の気持ちで、頭を垂れることしかできなかった。

「……後悔、してる？」

やがて沈黙を破るようにして、里奈が口にしたその台詞は……むしろ鈴を慰めるような、やさしいものだった。

「……怒ら、ないの？」

「いやまあ、普通なら怒るのが正解なのかな。なんかこう、予想以上にすごいことで、どう反応したらいいかわかんないっていうか……それに鈴ちゃん、今にも死にそうなほどつらそうな顔してるから。そんな顔見たら、怒るに怒れないよ。たしかにさ、鈴ちゃんがやったことは悪いことだけどさ、鈴ちゃんに責任を負わせればそれで解決するようなもんじゃないって思うし。だったら今、わたしが鈴ちゃんを怒るのは違うかなって」

そのやさしい言葉に、だからなおさら鈴は死にたくなった。

いっそのこと口汚く罵って、断罪してくれたほうが、まだ鈴は自分にのしかかる罪悪感のやりどころを見つけるができたかもしれない。

でも、里奈にこんなふうに言われてしまったら、今の鈴には、それすら許されない。

「……ごめん、なさい」

今さらそんな謝罪をしたところで、なんの意味もないだろう。

それでも鈴は、そう繰り返すことしかできない。

「ごめん、なさい。ごめんなさい。あたし、すごい勘違いしてた。なにも知らずに、おじさんも、里奈さんのことも、悪い人だと思ってた。だから……あんなひどいことしちゃった。なのに、おじさんも里奈さんもやさしくて……あたし、なにしてるんだろ、ばかみたい、ホントばかみたい……」

ついに鈴の目もとから、涙がこぼれた。

みっともない。こんなところで泣き出すなど言いわけがましくて情けないだけだ。

そう思うのに、気持ちがあふれ出すのが止められない。

そんな鈴を見て、里奈はなにか得心したように、穏やかな笑顔でうなずいた。

「そっか。鈴ちゃん、パパのこと好きになっちゃったんだね」

「……え」

思ってもみない言葉に、身体が震えた。

「あれ、違う？　わたしの勘違いだった？」

「わ、わかんない、えっと」

少なくともそのことを自覚したことはない。

そもそも今も昔も、鈴が宗二を見るときはいつも心がちぢに乱れていて、まともな気持ちでいられたことがない。

まともにかかわりを持つまでは、嫉妬で心が焦れに焦れて、いつもどうにかなりそうだった。どうやってこの男を地獄に堕《お》とせばいいかとか、そんなことばかりを考えていた。そんななのに、いざ会ってみれば、宗二はやさしくて、だから鈴は振りあげた拳の下ろしどころを見失って、ずっとずっと混乱して、自分の気持ちを受け止めきれずにいた。

宗二を見るとき、鈴の胸には迷いと困惑が常にあったのだ。

(なのに……あたし、おじさんが……好き?)

けれどその言葉には、なぜだかすっと自分のなかで腑に落ちるものがあった。

ここ数日、たしかに鈴は、宗二の顔をまっすぐ見ることすらできなくなっていた。

彼と視線が合うと、なんだかぎゅっと胸が締めつけられて、なにもないところでパニックになってしまっていた。

それに……そうだ。今日なんか、宗二の部屋を掃除して、そのときに彼の残り香を嗅いで、なんだかドキドキが止まらなくって、人生ではじめてのオナニーまでやってしまったのだ。

オナニーのときも、鈴はずっと宗二の一挙手一投足を思い出し、その記憶に胸を焦がしていた。彼の指先、彼の息遣い、彼の表情を思い出し、そのたびに胸を高鳴らせながら、股間からあふれ出るせつなさをどうにかしたくて、自分自身で慰めていた。

「……そう、なのかも」

口に出して、改めて里奈の言葉を肯定してしまえば、今までよくわからなかったものが、突如としてはっきり見えるようになった気がした。

ときおり宗二が、どこかせつなそうな、つらそうな顔を見せていたのを思い出す。そんなときは決まって鈴もどうにもじれったいような、なんとも言えない気持ちになっていたのだが……今ならその気持ちの正体も、はっきりなにかと明言できる。

鈴は宗二を……好きになった思い人を助けたかったのだ。

好きな人が困ったり苦しんでいるのを見て、せつなくなって、どうにかして自分にもなにかできないかと心がざわついていたのだ。

(でも……今さら、そんなことわかっても……)

どうしろというのか。

忘れてはならない。鈴はそんな宗二を裏切った元妻と、間男との子なのである。

そんな自分が宗二に愛される資格などあるはずがない。

「……じつはね、うちのパパね、ぜんぜん笑わない人なんだよね」

ますます暗い顔になる鈴を見ながら、里奈はあくまでやさしげな表情で、そんなことを言った。

「えっ、でも……」

宗二は穏やかな表情を浮かべていることが多い。ここ数週間をともに過ごしただけの鈴の記憶のなかでも、宗二が笑顔を見せてくれたことは何度もある。

「もちろん、作り笑いっていうか……見た目はね、わたしたちを安心させるために、それっぽい顔をすることはあるよ。パパ、やさしいから。でもね、わたしが知るかぎり……わたしが物心ついてからこっち、パパが心の底からうれしがったり楽しがったりして笑ったことは、たぶん一度もないよ」

それは何年もいっしょに過ごしてきた娘の里奈だからこそわかる、宗二の真の姿だ。

「死んだおじいちゃんやおばあちゃんなんかもね、ずっと心配してた、昔はよく笑う息子だったのにって。本当につらいことがあって、それでパパは笑えなくなっちゃったんだ」

その「つらいこと」というのがなんなのか……もはや言うまでもないだろう。

愛した妻の不倫だ。

愛を裏切られ、なにもかもぐちゃぐちゃにされて、そして宗二は壊れてしまったのだ。

「……あの、あたし……」

里奈の言葉はずっと穏やかなものだったが、鈴は自分自身が糾弾された気分になって身体を縮こまらせた。

鈴が宗二にしたもろもろの行為は……いやおそらく、鈴が宗二の前に現れたこと自体が、そんな弱りはてた宗二の傷口をさらにえぐって塩を塗るようなものだったのだ。

けれど……どうやら里奈の意図は、どうやら別のところにあるらしい。

「ね……鈴ちゃん、本当にパパのことを好きならさ、パパのこと、ずっと支えてあげてくれないかな」

「……へ？」

てっきり里奈としては、そんなウチの父親になんてことしてくれてるんだと、そういう気持ちでいるのかと思っていた。

なのにそんな言葉を投げかけられて……鈴はどう反応すればいいかわからない。

「……応援、してくれる、の？」

「応援っていうのは、違うかな」

呆然とした鈴の問いかけに、里奈は苦笑しながらそう笑った。

「どっちかっていうと、ここまでのことをしたんだから、中途半端はそれこそ許さないって気持ちだよ、わたしは」

そこではじめて、どこか怒りを含んだ強い語気で、里奈はそう言った。

不意打ちのようなその迫力に、鈴はびくりと震える。

鈴の反応に、里奈はすぐに穏やかな笑顔に切りかえ、そして言葉を続けた。

「わたしはね、やっぱりパパの娘だから……ずっとパパのそばにはいられないんだ。今はそうじゃないけど、パパのそばにずっといることが、むしろパパの負担になる日がきっと来ちゃうの」

親から独り立ちをして、誰かと恋をし、幸せな家庭を持つ。

それこそが、宗二が里奈に望むことだろうから……愛された娘だからこそ里奈は、いつかは宗二から離れていかなければならない。

「わたしはパパの娘だから、本当の意味で、最後までパパを支えることはできない。そのかわりを鈴ちゃんがやってくれるなら……まあ、いいかなって思う」

「……里奈、さん……」

きっとそれは、心やさしい里奈の絞り出した精いっぱいの鈴への断罪なのだ。

鈴が宗二に接触したことも、無理やりなかたちで肌を重ねたことも、もう覆らない。

だからこそ、今の関係のなかで精いっぱいに全員が幸せになれるようにと、里奈はそう願っているのだ。

「……ありが、とう」

「礼を言うのは違うよ、鈴ちゃん」

感きわまって思わず感謝を口にした鈴に、しかし里奈は苦笑を返してきた。

「わたしね、たぶん鈴ちゃんに、すごい酷なこと頼んでるんだよ。だって自分が誰の子供だなんて、ずっと隠しておくわけにいかないじゃん。パパが鈴ちゃんの出自とか知ったら……鈴ちゃんは、これからすごくつらい目に遭うよ。パパに愛してもらえることなんて一生ないかもしれない。それでもずっとパパのことを好きでいつづけて、寄りそっていてくれってお願いしてるんだよ、わたし」

わかっている。里奈が示してくれた道は、決して楽なものではない。

そしてそこから、途中で逃げることは許されないこともわかっている。

けれどそれでも、こんなにも間違いだらけの鈴の気持ちを、やさしくあと押ししてくれることが、ただただ今の鈴にはありがたかった。

2

それからすぐに喫茶店から出て、鈴の背中を押して家へと送り出したあと……鹿賀里奈は、ひっそりとため息をついた。

「……ひどいこと、しちゃったかな」

別れる直前まで、鈴は何度も頭を下げ「ありがとう」とお礼を言っていた。

こうも素直に感謝の気持ちを向けられると、どうにも落ち着かない。

鈴はどうやら里奈が自分を応援してくれたように受け取ったようだったが……正直なところ、そういった気持ちももちろんあるが、それだけの単純なものでもないというのも、たしかな話だからだ。

(むしろわたしとしては……半分、いじわるのつもりだったし)

……思えば、里奈の鈴との関係は、はじめから奇妙なものだった。

DVを受けて家出し、それを父が保護したという経緯はすぐに了解したし、だから鈴が傷つかないようにとできるだけ明るく振る舞い、鈴と接してきたつもりだが……実のところ、鈴との関係は一筋縄ではいかないものだった。

鈴は中学生とは思えないほど冷めていて、物憂げな表情が常に顔に張りついているような少女だった。

だから最初の頃は、コミュニケーションもまともに成立しなかった。なにか話しかければきちんと答えてはくれるものの、自分からなにか話題を振ってくるようなことはほとんどなかった。

会話に限らず、なにかにつけてこんな感じで、要するに壁があるというか……今思えば、どこかで鈴は里奈と親密になることを避けている節があったように思う。

それでも、せっかくいっしょに住んでいるのだから、仲がいいに越したことはないと辛抱強く里奈は鈴とコミュニケーションを取ろうとしつづけた。

自分のやっていることが、人によってはお節介、ただ迷惑な行為でしかないことも自覚はしていたが、それでも里奈は懲りずにずっと鈴の世話を焼きつづけた。

たんに、放っておけなかったのである。

身体中に、見るに堪えないような凄惨な生傷を刻まれ、世の中のすべてを諦めたかのような鈴をひとりぼっちにさせることが、里奈にはどうしてもできなかったのだ。

そのかいあってだろうか、ここのところ言葉数は多くないが、それでも里奈に向ける表情が、最初の頃よりずっと穏やかなものになってきたように思う。

成果としては非常にささやかなものではあったが、それでも里奈は、そのわずかな一歩がとてもうれしかった。

それはきっと、鈴が里奈に心を許してくれるようになった、その前兆なのだと……里奈はそう感じていたからだ。

……そんなときだ。鈴が置き忘れたスマホを見つけ……その中に記録された、父と鈴の情事の動画を見てしまったのは。

はじめて見たときはさすがにのんびり屋の里奈も、ただただショックで茫然《ぼうぜん》自失とするばかりだった。

けれど、こういうことこそ、ちゃんと情報は集めて、事情をきちんと把握しないと、里奈は考えなおし、思いきって鈴に事情を詳しく聞いてみたわけだが……そこで明かされた現実は、里奈の予想をはるかに超えてのっぴきならないものだった。

鈴が母親と間男の間にできた子であり……つまり里奈とは、いわゆる種違いの姉妹《きょうだい》となるということ。

鈴が父と接触したのはたんなる偶然ではなく、父と里奈の生活をめちゃくちゃに壊すために行ったことであること。

そして……そんななかで、父のやさしさに触れ、恋慕の情を抱いてしまったこと。

里奈は父と母が、母の不倫で別れたことを知ってはいたが、どうやら鈴のほうは、そういった事情は正確に教えてもらっていなかったらしい。

結果として鈴は、まるで見当違いな逆恨みの感情を燃えあがらせ、そしてこんなにも複雑な事態を引き起こすことになってしまった。

だから、鈴は本当に被害者なのだ。

鈴のまわりにはきっと、無条件に彼女を助けようとしてくれる大人がいなくて……だからこんなにも鈴はものの考えかたをねじ曲げてしまって、状況を悪いほうへ、悪いほうへと進めてしまったのだ。

けれど……かといって里奈は、鈴のことを許すこともできなかった。

最終的には、鈴が心変わりをしてことなきを得たが、鈴のしでかしたもろもろの行為がなかったことになるわけではない。

そう。だから……これは罰なのだ。

鈴は、父にとっては元妻と、妻を寝取った男との間にできた、憎むべき子だ。

そんな鈴がどれほどの時間をかけて、一途に父に寄りそいつづけたところで、父が鈴に対し心を開き、鈴の気持ちに応えてくれる確率など、ほぼゼロだろう。

だからこそ里奈は、それを鈴に強いた。

父のことを好いてくれるなら……そして自分のやったことに罪の感情を感じているのならば、きちんとその気持ちに責任を持って、父を幸せにしてほしい。

あんなことを告白されたあとでは、今は里奈のほうも、鈴のことを心の底から受け入れるのは難しくなってしまった。

けれど、もし鈴が逃げることもなく、父に向き合い、父の抱えているつらい記憶を癒すことができるなら……そうして里奈のほうから鈴に「ありがとう」と心の底から礼を口にできることができたなら、里奈も鈴のことを、ちゃんと心から受け入れることができるだろう。

そのくらいの責任は、鈴に取らせていいのではないかと、里奈はそう考えたのだ。

つまりこれは、そういう賭《かけ》なのだ。

「……どうなるかなぁ」

ふと、空を見あげる。

ここのところ曇りがちの天気が続いていたが、今日は久しぶりに気持ちのいい青空がひろがっている。こうして晴れてくれれば、日向《ひなた》はほんのり暖かくて心地よい。

暖かな日差しのなかで里奈は、みんな幸せになればいいなと、それだけを願った。

3

落ち着かない気持ちを抱えながら鈴が家に帰ると、どうやら宗二のほうも仕事を終え、すでに帰宅していたようだ。

「あ、おかえり、鈴ちゃん」といつもどおりにやさしく出迎えてくれて……それだけでなんだか申しわけない気持ちになってしまう。

「ただいま……っていうか、おかえりなさい。ごめんなさい、留守番……」

「ああ、いいよ、いいよ。鍵は閉めてくれていたし」

頭を下げても、まるで謝罪の必要などまったくないと言わんばかりに、やさしい言葉が返ってくる。

「そういえば、家の掃除、やってくれたんだね。ありがとうね、助かった」

それどころかそんなふうにうれしそうに礼を言ってくれたりまでして……鈴のなかで、もう我慢ができなくなった。

だめだ。やっぱりだめだ。そんなふうにやさしくされたら……なにより彼の笑顔を見たら、それだけでうれしくなってしまう。

「……好きです」

だからどうしても、自分のそんな気持ちを胸に秘めておくだけにはできなくて……意を決して鈴は、その言葉を口にしたのだった。

「あ、あのっ、わかってる。こんなの言われても、迷惑だって……と、歳だって離れすぎてるし……でも、ごめん、ごめんなさい。好きです。おじさんのこと、好きに、なっちゃって……あたし」

しどろもどろに、自分の気持ちを整理のつかないままに吐き出す。

そんな鈴を見る宗二は……しかしなんとも複雑そうな、困ったような表情を浮かべるばかりだった。

「そっか。ありがとう」

いったい、どんな思いをめぐらせていたのか……やがて笑顔を取り繕いながら、いつもよりさらにやさしい声音で、宗二はそんな返事をしてきた。

「けど……そうだね。ごめん。迷惑だよ」

「……え」

いつも以上にやさしい笑顔を浮かべたままの、そのひどくあっさりとした拒絶の言葉に、鈴はなぜか、ぞっとするものを感じた。

べつに鈴も、今すぐ告白を受け入れてもらえるだなんて思ってはいなかった。

今回のこれは、ただただ自分の気持ちをはっきりさせるために、そしてその決意を彼に伝えるために口にしたものにすぎなかった。

しかし……なんなのだろう、この宗二の返事のしかたは。

口調も、表情もやさしいのに、その言葉には、絶対鈴を近づけようとすまいという壁を感じてしまった。

「……少なくても、ずっと嘘の名前を名乗りつづけてる子の気持ちは、ちょっと素直には受け取れないかな……ねえ、綾瀬鈴ちゃん」

「あ……」

宗二のその台詞に言葉を失い、立ちつくすことしかできなくなってしまった。

……そう。今まで鈴が名乗っていた「早瀬鈴」という名は、じつはその場のでまかせで口にした偽名にすぎない。

綾瀬鈴。

それが鈴の、本当の名前だ。

終わりだ、なにもかも。

つまり、宗二は知っていたのだ。

鈴が誰と誰の間にできた子であるかを……宗二はとっくに知っていたのだ。

「……いつから、気づいてたの？」

「確信したのは、里奈といっしょに荷物を運び出す日かな」

しかも、思ったよりずっと早いタイミングで気づかれていたらしい。

「あの女が、別れたあとにどこに住んでるか……詳しい住所まで含めて、人づてに聞いていたんだよ。どこから荷物を運び出すか教えてもらったら、さすがに気づくさ」

そうであってほしくはなかった、という口ぶりだった。

「だから……きみがなにを考えて、俺とエッチなことをしようと誘惑してきたかについても……まあ、察しはついていてた」

「……あの、えっと……」

「俺とセックスしたって事実をネタに、脅迫したりとかするつもりだったたんだろ？」

「…………」

今度こそ、鈴は黙りこむしかない。

なんということだろうか。

まだ打ち明ける覚悟ができていなかった鈴のいちばんの秘密まで、宗二はとっくに知っていたのだ。

要するに……一カ月近くもの間、宗二は、鈴の正体も、そして彼女の目的も知りながら、それでも彼女に対してやさしく振る舞っていたということになる。

「まあ、いいんだ、そんなことは。ただね……ごめん、鈴ちゃん。今、どれだけきみが純粋に俺のことを好きでいてくれたとしても、俺はそれを受け入れることはできない。あの女にひどいことをされたって意味では同情もした。だからきみのことを助けもした。でも……それ以上は無理だよ」

まるで自分自身が傷つけられているように、つらそうに宗二は言う。

わかっていたことだ。こんなふうに彼に拒絶されることは。

だからこそ、里奈は「自分は鈴につらいことをさせようとしている」と言ったのだ。

「で、でも……あたしは」

「それにね、俺は……鈴ちゃん、きみが思っているような善人じゃないよ」

なんとかして反論しようとした鈴の言葉に覆いかぶせるようにして、宗二はきっぱりとそう言った。

「俺はね、あの女と、あの男のことをまだ憎んでいる。ずっとずっと……いつも憎んでるんだ」

言いながら、彼がその顔に浮かべたのは、鈴がはじめて見る、明確な怒りの表情だ。

「だって……信じられるかい？　俺たちの間にはもう里奈がいたんだ。生まれたばかりで、まだハイハイもできないような頃に、あの女は里奈をほっぽり出して、あの男とホテルに行っていたんだ。昼間は保育園に預けていたからなんとかそれで里奈は餓死することもなく済んだけれど……そうじゃなかったらどうなっていたか。おまけにそれがばれて、向こうの親から勘当あつかいになったりしたときですら、あいつらはホテル通いをやめなかった。慰謝料を求めたときだって、なんで自分たちが払わなきゃいけないんだって、ずっと被害者面だったりもしたな」

「…………」

「だから……一度目はともかく、二度目のセックスは、きみがそんなあいつらの子じゃなかったら、俺はきみの誘いを断って、ことには及ばなかった」

「……え、ど、どういう、こと？」

「鈴ちゃんはあのふたりの子なんだから、こんなふうに汚したってかまいやしないだろうって考えたってことだよ」

ひどくやけっぱちな、凄惨な笑い顔だった。

「実際ね、愉快だったよ、きみを抱いているときは。だってあのふたりの子がいいように乱れて、俺に手籠めにされてるんだ。ざまあみろって思ったね」

……鈴はたたみかけてくる宗二の言葉に、ただただつらくなった。

明らかに宗二が無理をしていると、はっきりわかったからだ。

だって、そんなふうに言いながら、表面上は軽薄な笑い顔を見せながら、彼はつらそうな感情をまったく隠せないでいる。

彼が口にした言葉にも、きっと嘘はないだろう。

鈴の母と父を憎んでいることも、鈴を抱いたときに思った感情も、その場かぎりの悪人面をするための出任せを口にしているわけではあるまい。

けれどきっと……人間というものは、そう単純なものではないのだ。

だって宗二は、そんな二度目のセックスのあと「こんなセックスはもうしない」と、ひどく傷ついた表情で言ったのを、鈴ははっきりと覚えている。

あれはきっと、鈴を抱くなかで、自分のなかにうずまくどす黒い感情に気づいてしまって、自分自身に心底いやけが差したのだろう。

聖人君主だって、ずっと万人にやさしくできるわけではない。

ときには他人の理不尽に怒ったり、憎しみを覚えることだってあるだろう。

けれどそんな自分自身を省みて、そのことを気に病める人間がいるならば……それこそが真にいい人なのだと、鈴は思うのだ。

「……おじさん」

むしろ、だからこそ、決心が固まった。

拒絶されたからって、それでめげている場合ではない。

「ああいうセックス、よくないって言ってたけど……あたしは別にそういうの、あってもいいって思う」

「……なんだって？」

「あたし、もっとああいうセックス、おじさんとしたい。それで、そんないやな感情はぜんぶ、あたしに向けてほしい。それで発散してしまえばいいと思う」

「……よくないよ。いいわけないじゃないか。なんでそんな、いやなことをしなきゃいけないんだ」

鈴の言葉に、わけのわからないものを前にしたように、宗二は顔を歪ませた。

変な話かもしれないが……宗二はもう立派な大人だというのに、一瞬、彼の表情が、いやいやをする駄々っ子のようにすら見えた。

その反応に、やっぱりそうだと、鈴は改めて確信する。

おそらく根が善良な宗二は、他人の憎悪をかわす術は心得ていても、自分の憎悪の処理のしかたに慣れていないのだ。

そんなもの、適当に発散してしまえばいいのだけど、八つ当たりすることすら恥と思っている宗二は、知らずしらずのうちに自分にためこんで、ずっとそれで気に病んでしまうのだ。

……ようやく鈴は、自分のやるべきことが見えた気がした。

「おじさん……ううん。宗二さん」

はじめて名前を呼ぶ。

つらそうな表情を見せたままの宗二の前で、鈴は自らの服に手をかけ、一枚一枚、丁寧に脱いでいき……下着と靴下のみを残して裸になった。

「や、やめなさい。前に言っただろ、もう俺は鈴ちゃんとはそういうことをしないって！」

「ううん。今、はっきりわかった。宗二さんはね、やっぱりあたしとエッチしなきゃ、だめだと思う」

自らの身体を差し出し、宗二の鬱憤の捌《は》け口になること。

それこそが鈴の使命だ。世界でひとりだけ、鈴だけにしかできないことだ。

彼が世界でいちばん憎んでいる男と女の子供であり、そしてそれでも宗二を慕い、愛している鈴しか、こんなことはできない。

その結果として宗二の愛を得られることがなかったとしても、今でも苦しんでいる宗二の気持ちを、それで少しでも楽にできるなら……こんなにうれしいことはない。

「……ね、宗二さん、もう、ひとりでためこまなくていいじゃない。吐き出しちゃおうよ。あたしがぜんぶ、受け止めるから」

そっと近づく。

狼狽するばかりの宗二を、やさしく包みこむように抱きしめる。

……なんだか久しぶりに、宗二の体温に触れたような気がする。

ほんのり香る汗の匂いに、少し高めの体温が心地よい。

彼に抱かれるとき、いつも感じていた彼の生理反応だ。

やさしく、気遣わしげに、しかしときに激しく抱かれた記憶を思い出して、それだけで胸がドキドキしてしまう。

密着した胸からは、宗二の胸もドキドキと高鳴っているのが感じられる。

彼のほうから伝わってくる鼓動は、決して性的興奮のためのものではないだろうが……それでも彼のことがより近くに感じられたような気がして、愛おしく思える。

体力差を考えれば、それを突っぱねることなんて簡単なはずなのに、やさしい宗二は、それさえできずに困惑のうめき声をあげるだけだ。

「……やめてくれよ。やめなさい」

「ううん。やめない」

弱々しい拒絶の言葉を、きっぱりとはねのける。

「……あたし、たしかに最初は、宗二さんたちに嫉妬してて……だから、宗二さんたちの生活をめちゃくちゃにしてやりたかった」

弱々しく鈴を引きはがそうとしてくる宗二に、ぎゅっと抱きしめる腕に力をこめてあらがう。

「でもね……このおうちに迎えてもらって、いろんな心配してもらったりして……あたし、本当に救われたの……宗二さんは、お礼とかお返しとか、そんなの考えなくていいって言ってくれたけど、やっぱりあたしは、宗二さんにお返しがしたい」

宗二に出会ったことで、生まれてはじめて、本当のやさしさに触れることができた。

地獄の日々から抜け出して、それまで自分本位にしか考えられなかった鈴は、他人を慈しむ心の尊さをはじめて知ることができた。

宗二や里奈とのふれあいによって、ようやく鈴は、人として生まれることができたのである。

だから今度は、鈴が宗二を救う番だ。

4

ここ一カ月ほど鈴と生活をともにして……宗二も鈴がどんな性格の子なのか、ある程度はわかってきていた。

言葉数は少ないし、表情も乏しいが、一方でその内面はかなり苛烈で頑固な子だ。

いったい誰に似たのだろうと、宗二は思う。

宗二はかなりのんびりな性格をしているし、鈴の母親も……どちらかというといい加減で、状況に流されやすい女だった。鈴の父親のことは、詳しくは知らないが、鈴が物心をつくよりずっと前に、男側の浮気が原因で、母親との関係が破綻して別れたと聞いているので、鈴のパーソナリティーに影響があるとも思えない。

なんにせよ、たしかなのは……おそらくどれほど言葉を重ねたところで、決心を固めた鈴が、引き下がることはないだろうということだ。

（……どうしろっていうんだ）

ただただ絶望的な気分だ。

もう金輪際、鈴を抱くようなことはすまいと、宗二は考えていた。

はっきり言えば、鈴とした二度の行為は、宗二が経験したなかでもトップレベルに最悪のセックスだった。

気持ちよくなかったわけではない。おそらく得られた快感で言えば、記憶にあるなかでは五本の指に入ると言っていいだろう。

ただ精神的に満たされたかといえば、明確に、断じてノーである。

一度目の行為は、そもそもあれは脅されたうえでのレイプでしかない。

おそらく鈴も、宗二に対して脅迫のタネを得るためにやっていたにすぎないだろうし、宗二だって彼女とあんなことをするなんて、一片たりとも望んではいなかった。

鈴が破瓜の痛みで苦しんでいるのを見て、耐えかねて宗二も愛撫の手を動かしてはいたが……あれはつらそうにしている彼女を見かねてのものであって、別に宗二が鈴に情欲を抱いていたわけではいっさいない。

二回目のセックスは、もっとひどかった。

魔が差したのを見とがめられ、鈴の誘惑に乗せられたかたちでの性行為だったわけだが……そのとき宗二が鈴に抱いていたのは、ただただ陰惨でどす黒い感情だった。

鈴から行為を軽薄にねだられて、宗二は思ってしまったのだ。

ああ、この子はやはり、あのふたりの子供なのだと、そう考えてしまったのだ。

しょせんこの子は、あとさき考えず、快感優先で行動して、そしてまわりに迷惑をまき散らす……そんな淫売の子供なのだ。

だからそう感じたあの瞬間、宗二は明確に、鈴に憎悪を持っていた。

この子はどうせ、あの女とあの男の子供なのだ。

だったら、どう扱ってしまってもかまわないだろう。

あのふたりには本当にひどい目に遭わされたのだ。だから……その子供を散々なぶってひどいことをするくらい、許されるはずだ。

そんな衝動が湧きあがってしまって、そしてその衝動に身を任せた宗二は、今までやったことがない乱暴な行為を、中学二年生の小さな身体にぶつけるようなことをしてしまった。

逃げられないように壁にその細い身体を押しつけ、そのうえで鈴のことをまるで考えてないような、乱暴で獣じみた腰振りをして、彼女をひたすらに辱めた。

そして射精をした瞬間……最悪なことに、最高にすっきりしてしまったのだ。

ざまあみろと、快哉《かいさい》を叫ぶほど心地よかったのだ。

ただただ自分が情けない。

こんなむなしいセックスなど、あっていいはずがない。

無関係の少女に八つ当たりをして、それで気分がよくなってしまうなど……そんなていたらくで、どの面下げて「鈴を哀れんで保護した」などと言えるのだろう。

もう、あんな思いなどしたくない。

鈴とまたセックスするようなことがあれば、おそらく宗二はまた同じように彼女を鬱憤の捌け口にしてしまうだろう。

そんなこと、していいはずがない。

だというのに……鈴は「むしろそうしてくれ」と懇願までしてくるのである。

絶対に引かない頑固な視線を向けながら「それが自分の使命だ」と言わんばかりの決意をこめて、自分の身体を差し出してくるのである。

「………」

長い長い懊悩のすえに……宗二は結局、自棄になった。

「……わかった。わかったよ、もう」

もちろん、心変わりをして鈴を受け入れたわけではない。むしろ、逆だ。

この際だから、思いきり鈴をめちゃくちゃに扱ってやろう。

そうしてひどい目に遭わせて、それで鈴が後悔してくれればいい。

それで鈴が二度と宗二に触れ合おうとしなくなれば、それが結果的に正解だ。

「……あっ」

腹を決めて、宗二は鈴を抱きしめ返し、そのままベッドへ運んでいく。

鈴がどこかうれしげな、小さな声をあげるが……今はそんな反応すら憎たらしい。

（……こっちの気も知らないで）

自分の服に手をかけ、全裸となるときも、苦々しく心のなかで毒づくばかりだ。

ついですでに半裸となっている鈴の下着も脱がそうと思ったが……考えなおして、宗二はそのまま下着の上から彼女の秘部をいじくりまわすことにした。

「んっ……そういうの、しなくていいよ？」

触れた指先には、湿った感触はない。

だというのに挿入を促すのは、乱暴に扱ってほしいという意思表示だろう。

「わかってる」

ふだんなら宗二も念入りに愛撫をするが、今日ばかりはそうするつもりはない。

今、宗二が鈴の秘部に触れているのは、たんに萎えている自分の股間を奮い立たせるためのものだ。

「う……んんっ」

指先の動きも、鈴に快感を与えるようなやりかたはあえてしない。

ただひたすらに鈴の未成熟な割れ目の形と感触をたしかめ、その奥の感触、膣ヒダの活発なうごめきを思い出すのに集中して、無理やり自分の興奮を鼓舞する。

鈴を抱いたときに彼女が見せたその乱れようを、そして絶頂のときの身体のひくつきを、きゅっと締めつけてくる膣を、甘く甲高い嬌声《きょうせい》を脳裏に思い浮かべていくうちに、じわじわと身体の中心に熱が集まってくる。

情けない話だが……何年もまともに女体に触れていなかった宗二にとっては、それだけでも十分に勃起を煽るオカズになってしまう。

「……よし」

やがて宗二の狙いどおり、彼の股間が硬さと熱を示しはじめた。まだ本調子の勃起とは言いがたいが、鈴にねじこむくらいはなんとかできるだろう。

「…………」

断りを入れようとも思ったが、宗二はあえて無言のまま鈴の下着に手を伸ばし、それをゆっくりとはぎ取っていった。

鈴が気を利かせて腰を少しあげてくれたこともあり、あっさりと下着ははぎ取られ、幼い少女の秘部が露になる。

鈴のその場所の装いは、相変わらず罪悪感を催すものだった。

色素沈着もなく、無毛のその秘部は、下手をすれば小学生に入る前の幼女のもののようにすら見える。

今回は愛撫もまともにしていなかったので、愛液で濡れてもおらず、以前見たときより、さらにそのたたずまいは幼い印象がある。

よくもこんな場所に、前回激しくクンニができたものだとつくづく思う。

先ほど下着を脱がさずに愛撫をして正解だった。

今のこの気分でこんなものをいきなり見せられたら、勃起するどころか完全に萎えてしまうに違いない。

「……行くよ」

今度ばかりはさすがにひと声かける。

ただし返事は待たない。宗二の声かけに鈴はゆるく足を開き、身体の力を抜いてくれたので、それが確認できれば十分だ。下手にまごまごしていれば、せっかく勃起していたのが萎えてしまう。

なのでさっそく宗二は鈴にのしかかり、その足を大きく開かせ、勃起を幼いクレバスへとあてがった。

「く……うっ」

一度目の行為と同じく、切手の裏を張りつけられたような感触が、宗二の半勃起の亀頭に触れる。

まったく濡れていない鈴のその秘粘膜は、まるで糊《のり》のように粘っこくべとべととしていて、宗二の先端にべっとりと張りついてくる。

興奮しているときに膣ヒダが見せるような吸いつきではなく、あくまでたんにその粘り気でもって密着してくるようなその感覚は、正直、あまり官能を感じない。

こんな愛液による潤滑も望めない状況では、まともにピストン運動も難しいのではないだろうか。

けれど、ここまで来てやっぱりやめだというわけにもいかない。

「う、あ、あっ」

覚悟を決めて腰を押しつけてみたが、案の定、鈴のその場所は、まったく宗二を歓迎してはくれなかった。

鈴の膣口の粘膜は宗二の先端を縫い止めるように張りついて、力をこめてねじこもうとしてもなかなか奥へと進まない。

無理強いしようとすれば、亀頭に皮膚がはがされるような痛みが伴って、快感を得られるどころではない。

「あ、ぐ、うっ、うっ。い、いいから、入れて、お願い……」

それでも、鈴はいやとは言わない。目をつぶり、苦鳴を必死にこらえている。

どんな苦痛でも自分は受け入れるのだと、そう意固地になっているのだ。

「く、この、そんなに乱暴、されたいのか」

「だ、だから、そう言ってるじゃん、ん、ああっ」

「……そうかよ」

苛立ちを胸に、亀頭の皮が引きちぎれるような痛みをこらえながら……宗二はなんとか自分の勃起を、鈴の最奥まで挿しこむことができた。

「く、あぁ……」

最悪な気分だった。

なんの準備もできていない幼い膣に今、ふたたび勃起を挿入してしまっている。

鈴とはこれで三回目の行為だが、きつく、まったく濡れていない生殖器に勃起を挿しこむこの感覚は、処女を無理やりレイプするような罪悪感を覚えさせるものだ。

が、今はこれでいい。

今、宗二は、鈴を愛し、慈しむために彼女を抱いているわけではないのだ。

「ん、う、あ、っ、あっ」

だから宗二は、苦鳴をあげる鈴を無視し、腰を動かしはじめた。

いくらこの状況に性的興奮を覚えていなくても、ぴっちり吸いつく生ぬるい膣の中で摩擦運動を繰り返せば、なんとか勃起は維持できる。

だからただ無心に、この哀れで愚かな少女に、苛立ちをぶつけていけばいい。

「あ、あっ、んんっ、う、あっ、あっ。あっ」

やがて……無言で抽挿が繰り返されるなかで、鈴の身体に明確な変化が訪れた。

おぞましいことに、こんなにも慈悲のない性運動にもかかわらず、さっそくじわじわと膣ヒダが潤いはじめ……そしてそれに合わせるように、ただただつらそうだった彼女の喘ぎ声のなかに、甘いものが混じりはじめたのである。

「あ、うっ、んんんっ、あう、あっ、あんっ」

「もしかして……もう気持ちよくなってきたのか？」

「あ……う、うんっ」

宗二の問いかけに、どこか幸せそうに、夢見るような口調で返事してきた。

ますます理不尽な苛立ちが、宗二のなかで噴きあがった。

なんでこの子は、この状況でこんな表情ができるのだ。

今回のセックスは、宗二はまったく気乗りしていない。

愛情などまったく介在せず、鬱憤の捌け口にしているだけのセックスである。

だというのに……なんでこの子は、こんな心底うれしそうな顔ができるのだ。

わかっている。

鈴が宗二のことを愛しているからだ。

どこまでも純粋に、一途に、ひたむきに宗二を思って、だからこんなにも愛のないセックスであろうと、彼に抱かれることそのものが彼女にとっては幸せなのだ。

だから鈴は、こんな恋する乙女の顔をしているのだ。

「気持ち、いいっ、気持ち、いいよぉっ、宗二さん、宗二さんっ」

自分を見あげてくる潤んだ瞳に、宗二はいよいよ我慢がならなくなった。

「……おまえは、本当に淫乱なんだな」

吐き捨てるような言葉が口をついて出る。

この子は、やっぱりどこかであの女と同じだ。

相手がどんな気持ちでいるかなんて考えもしない。ただ自分が気持ちよくて、それで幸せな気分になればいいと思っている。

結果的にそれでどんな結末になろうが、かまわないとすら思っている。

そんな女が、宗二は大嫌いなのだ。

「わかったよ。めちゃくちゃに、してやるよ！」

「うん、うんっ、いいよ、めちゃくちゃにしてっ。あたし、気持ちいいからっ。だって、宗二さんと、セックスできてるから、あ、んんっ、う、ううっ、あ、あっ、いい、そこ、そこぉっ」

わずか三度目のセックスなのに、鈴の反応は熟練の娼婦《しょうふ》のように淫靡だ。口もとには笑みが浮かび、腰を突きこまれるたびに艶めかしく身体を身もだえさせ、あろうことか迎え腰まで使って、腰を突きこまれるたびに艶めかしく身体を身もだえさせ、

「この……中学生のくせにっ、こんなにされて喜ぶのかよ、変態がっ」

「だって、ああっ、気持ちいいもんっ。いいよ、宗二さんっ、もっと激しくしてっ、ああっ、んんっ、もっと、もっと、あたしのこと、乱暴してえっ」

もう、なにもかも知ったことか。

鈴の腰をつかむ。

破城槌を打ちこむような気持ちで、全身のバネを活かして、鈴の最奥に勃起をたたきつける。尺の足りていない未成熟な膣では宗二のフルサイズを受け止めきれないのは明らかだ。けれどそんなの、かまいやしない。内臓をえぐる勢いで、ただ宗二は、苛立ちを鈴の細身に突きこんでいく。

「あ、あっ、んあああっ、ああっ、ん、ああっ、あっ、あっ」

そんな暴力そのものの行為ですら、鈴はただただ歓喜の声をあげてしまう。

もう何度か軽い絶頂に達しているらしく、ぷし、ぷしと結合部から潮とも失禁ともつかない液体を噴き出しながら、ひたすらはしたなく感きわまっている。

膣の動きも最高潮に淫らになり、挿入したてのころとはまったくの別物だ。うねうねと活発にうごめき、ディープキスをするように宗二の勃起に吸いつき、なめずりまわし、きゅんきゅんと断続的に締めつけて宗二に全身全霊で媚びを売ってくる。

「……ね、宗二さん」

中学生が享受すべきでない激しい快楽にもだえ喘ぎながら……ふいに、ふっと鈴は、やさしそうな笑みを宗二に向けてきた。

力の入らない腕が伸ばされ、宗二の首にからみついてくる。

「もっと、いいんだよ。もっと、乱暴して……いいんだよ」

すべてを見すかしたような物言いだ。

まるで迷子の幼子を見るような、慈しみに満ちた視線だ。

要するに……彼女はわかっているのだ。

宗二がまだ、すべてを吐き出せていないことを。

5

宗二の妻は、のんびりした宗二とは違い、行動的で奔放な女性だった。

いたずら好きで、常になにか楽しい遊びを考えて仲間を巻きこみ、騒ぎを起こすような、今から思えばかなりめちゃくちゃな人だったように思う。

もとは大学のサークルで知り合った仲で、内向的で、なにをするにしても慎重でゆっくりことを構えがちな宗二をいつも気にかけ、いろんな仲間うちの遊びに引っ張りこんでくれた。

性格としてはまるで正反対だったが、むしろだからこそ、当時はともにいる時間が刺激的で楽しいものに感じたのだろう。

やがてそうしていっしょに過ごす時間が増えるにしたがい、なんとなく情が移っていき……そしてふたりは恋仲になり、そのまま大学卒業と同時に籍を入れたのだ。

それからの夫婦生活も、特に大きないさかいがあったわけではない。

夫婦仲だけではなく、義理の両親どうしの関係も良好で、そう言ってよければ、かなり理想的な生活を送れていたと……宗二は今でもそう考えている。

ただ今にして思えば、だからこそ、そんな生活がいつも刺激を求めていた妻にとっては退屈きわまりないものだったのだろう。

特に里奈を妊娠してからは、身重のために身体も自由に動かせなくなり、気ままに遊びに行けない環境にそうとう不満をためこんでしまったのかもしれない。

宗二もそんな妻の性格は心得ていたから、時間を見つけて小旅行をしたりと妻のメンタルケアに努めたつもりではいたのだが……もともと現状の生活に満足していた宗二と、常に不満を抱えていた妻では、どこかで現状への考えかたに決定的な齟齬《そご》が生じていたのだ。

だから……宗二は気がつかなかった。

里奈を生んだすぐあとに、妻がパート先の店の男と、火遊びに興じていたことを。

妻が自分の遊びばかりを生活の中心に考えて、生まれてすぐの里奈にまったく興味を示さず、子育てをする様子がまったくなかったことを。

仕事の都合で二日ほど家を空けたあと、帰宅したリビングで、栄養失調で痩せこけた里奈を発見したときには、もうすべては遅かった。

妻は里奈の世話などまったくすることはなく、誰かに預けるようなことすらせず、宗二の留守に乗じて、男とホテルで、泊まりがけで遊んでいたのだ。

あのとき、おそらく宗二は生まれてはじめて他人に明確な憎悪を覚えた。

（……ふざけんな）

できればあのときの気持ちなど、もう思い出したくもない。

鈴を保護したあと、その正体がわかっても、彼女に対して特に負の感情を覚えることはなかった。

むしろその身に刻まれた生々しいＤＶの傷痕を見て、親近感がわいたというか……自分と同じく、あの女のために傷ついている少女の存在を知って、鈴をどうあっても守らねばならないと、決意を新たにしたくらいである。

けれど……そんな彼女が、媚びるような仕草を見せて、肉体関係を迫ってきたら、もうだめだった。

鈴が妻と浮気相手の火遊びでできた子であることを思い出してしまったのだ。

この子は、いつできた子なのだろう。

やはりあの、里奈の世話をほったらかしてホテルで遊んでいたときにできた子だろうか。

あるいはその少し前、友達と遊びに行くと言って、宗二が家にいる休日に、一泊二日の外泊をしたことがあったが、そのときに間男と密会してできた子なのだろうか。

そんな、今さらな疑心暗鬼が次から次へと湧いてきてしまったのだ。

(ふざけるな……ふざけるな、ふざけるな……っ)

鈴がこんなことをしなければ、このような思いをまた味わうことなんてなかった。

彼女が宗二の前に現れなければ、こんな事態にはなりはしなかった。

……いや、そもそも、鈴なんて子が存在しなければ、あの間男さえいなければ、こんな不幸な記憶など、宗二は抱えずに済んだのだ。

「……あっ」

鈴が小さく声をあげる。

いつの間にか……本当にいつの間にか、宗二は鈴に腕を伸ばし、彼女の細い首を両手でつかんでいた。

本当に、まったくの無意識の行動だ。

「……宗二さん」

けれど……しまったと思うよりも先に、あくまで鈴はやさしい表情で労り、慈しむような声音で、そんな宗二の行動すら肯定するのである。

「いいよ。好きにして……いいよ」

もうどうにでもなれ、である。

そのまま鈴の首を絞める手に力をこめ、腰をふたたび動かしていく。

「う、ぐ、あ、んんっ、あ、あっ」

ぎゅうと大人の野太い指が、鈴の細い首に食いこむ。

息もできず、かひかひと鈴の口が虚《むな》しく開閉する。

首を絞められることで、鈴の顔から血の気が引いていき、その幼い身体にきゅっと力が入る。

「あ、あ、あぁ……あ、あっ、あっ、んんっ」

ここまでされても、鈴はなにも言わない。

苦しいとも、やめてとも言わず、それどころか、どこかうれしそうにその口もとには笑顔が浮かんでいる。

宗二を見る目はあくまで慈愛に満ちていて、こんな暴虐にすら明らかに快感を覚えているらしく、口もとから漏れ出るのは、心地よさそうな喘ぎ声ばかりだ。

「あ、ん、なんか、あっ、あっ、すごい、あ、あ、気持ち、いい、気持ちいいっ、宗二さん、もっと、もっと、強くして、いいよっ」

どうかしている。おぞましくてたまらない。

明らかにその台詞は、口先ばかりのやせ我慢ではない。

「あ、あっ、あ、すごい、あたし、なんか、あっ、今までで、いちばん、いいかも、あ、んんっ。ああっ」

彼女が言うように、こうしている間にも、鈴の膣の反応は、どんどん官能に満ちあふれたものになっている。

きゅんきゅんと活発にひくついて、宗二に絶えず媚びを売ってくる鈴の秘肉は、今まで感じたことがないくらいに蕩け、宗二の肉竿にまつわりついてくる。

息んでいるためか、二度目の行為よりも締めつけは強く、しかし十分に潤い、なにより熱をためこんだその場所は、宗二の無理やりな抽挿を積極的に受け入れる。

それればかりか、いつも以上に淫らに乱れた膣ヒダは、無理なサイズ差をものともせず、今までにないほど宗二の形にぴったりとフィットして……一往復するたびに、カリ首に、裏スジに吸いつき、からみつき、まるで熟練のフェラのような複雑な動きで、宗二の性感細胞に活力を与えてくる。

「このっ……この、マゾ女が……マゾ中学生が！」

「あは、あ、だって、だって、いいじゃんっ、うれしいんだもんっ」

負け惜しみのように言う宗二の台詞にも、ただただ鈴はうれしそうだった。

「な、なにが……なにがうれしいんだよっ!?」

「だって、だって、宗二さん、やっと本気で、あたしに気持ちを、ぶつけてくれたんだもん、あ、ああっ、んんんっ、んあああっ」

まるで憧れの白馬の王子に、今はじめて出会えたような口調だ。

そして……ふと、今さらのように宗二は気がついた。

いつも透明な愛液は、粘度の高い白濁の本気汁になって、宗二のペニスにまつわりついている。抽挿のたびにそれは宗二の竿をコーティングし、いまやその表面は真っ白のペンキで塗りたくられたようになっている。

(なんなんだよ……この子は)

成人女性でも本気汁なんて、そうそう簡単には流さない。

なぜなら本気汁とは本来、本気で女性が快感を覚え、受精をするために精子を搦《から》め捕るために分泌する体液なのだから。

つまり……この子は、こんなふうに首を絞められ、身勝手な抽挿をされているのに、本気で感じてしまっているのだ。

本気で感じて、生殖本能が刺激されて、身体が宗二の子を宿したがっているのだ。

(くそっ、くそ、くそ、くそっ)

そしてその事実が突きつけられて……宗二にとっては、最後のあと押しになった。

子供を欲しがっている？

子供のくせに。まだ中学生のくせに。

おまえの母親がそんなだから、自分はこんなにつらい思いをしたんだ。

おまえだってそれを知っているくせに。

「ぐう……ううっ、う、あああああっ」

腹の奥から破滅的な感情が湧きあがる。

頭にどす黒い血が昇り、世の中すべてをめちゃくちゃにぶち壊したくなる。

だから宗二は、たまりにたまった闇のすべてを、目の前の少女にぶつけるのだ。

「んあ、あっ、あああっ、んぁあああっ、あっ、ああっ！」

どちゅ、どちゅ、どちゅと強すぎる突きこみに、肉が潰れるような生々しい音が響きわたる。

底の浅い幼い膣ではそんなものを受け入れきれるわけがなく、子宮が潰れ、突きこみのたびに、ぼこりと腹の裏からへそのあたりが盛りあがる。

「あ、あっ、あ、あっ、んんんっ、あっ、ああっ、そう、そう、んんっ、もっと、もっと、ちょうだい、ちょうだいっ、宗二さんの気持ちっ、もっと、んぁあああっ」

「うるさいよ。そうしておまえは、いつもいつも、人の気も知らないで！」

激しく鈴を蹂躙《じゅうりん》しながら……宗二ははじめて、身も世もない自分の本気を目の前の少女に吐き出していた。

「こんなことをしなけりゃ、俺はあのことを思い出すこともなかったんだ。ずっと忘れていたつもりだったんだ。自分の都合で人の古傷をえぐりやがって。おまえさえいなけりゃ、俺は里奈と……里奈だけいれば、俺はもう、それだけでよかったはずなんだ……！」

指の力がさらに強まる。

本格的に鈴は頭に血が行きとどかなくなって、その顔はますます青白くなっている。だというのに、膣はあくまで温かくて、慈しみにあふれていて、もはや駄々っ子と化した宗二をすべて受け入れている。

もう完全にわけがわからない。

そんななかでも、射精衝動は高まってくる。

世界の終わりのような予感に、もうなにもかもがどうでもよくなってくる。

「……うん」

そして真っ青になった唇を震わせながら、鈴は自分の首を絞めつづける宗二の腕をそっと撫でて……やさしくささやくのだ。

「でも……里奈さんは、いつか宗二さんのそばにはいられなくなるから……そしたら、宗二さん、ひとりぼっちになっちゃうじゃん」

「………」

「だから、あたしがいるの。あたし、ずっと一生、宗二さんのそばにいるから。宗二さんのやさしいところも、つらくて苦しい気持ちもぜんぶ、あたしが受け止めるの」

……どんな顔をすればいいいか、わからない。

「大好き」

ふっと、鈴の全身がゆるむ。

今まで強く宗二を締めつけ、苛んでいた膣も同様にふわっとやわらかくなって……だからそれが、ギリギリで踏みとどまっていた宗二の情欲の堰を、決定的に壊した。

「……う、う、ぐ、あああ、ああああっ」

どく、どく、どく、どく、どく、どく、どくんっ。

「あは、あ、ああっ、んんっ、あ、あ、イク、イクイクイク、イク、んんあああっ」

もうなにもかも、どうにもならない。

ぐちゃぐちゃに気持ちをかきまわされながら、宗二はどろどろの黒い感情のこもった汚濁を、鈴の子宮の奥底に注ぎこんでいた。

6

どくどくと熱いほとばしりが、身体の奥底に注ぎこまれてくる。

ねっとりとした淫らな熱の塊が、お腹のいちばん奥にたまって、じわじわと染みこんでくるような……そんな不思議な感覚だけれど、それがなんとも心地よい。

長い長い射精が終わるのと同時に、鈴の首を締めつけていた宗二の手が離れる。

ようやく自由に呼吸ができるようになり、今までせき止められていた酸素が急に肺に流れこんできて、心地よい解放感に、鈴は大きく深呼吸をした。

「……あ、ふ。はあぁ……」

何度も呼吸を繰り返し、全身に十分酸素を行きわたらせたあと……ぼんやりと安堵を感じながら、快感の余韻を含んだ甘い声が、ふっと鈴の喉から漏れた。

（……すごかったぁ……）

今回のセックスは、本当に感動だった。

今でもドキドキがおさまらない。こんなに刺激的なセックスがあったのかと、なんだか変な性癖に目覚めそうなくらいだ。

「…………」

宗二が無言で結合を解いていく。

まだ硬いままの、愛しい男性のカリ首が幼い膣ヒダにひっかかり、身体の奥から魂が引っこ抜かれるような錯覚すら感じてしまって……けれど、それすら気持ちいい。

「あ、あ……んんっ」

思わず甘い声が漏れるが、一方でどうやら宗二は、そんな鈴の艶めかしい仕草に気づく余裕すら残っていないようだ。

「……鈴ちゃん、大丈夫？」

絶頂の余韻が引いたところで、彼は冷静さを取り戻したらしい。顔を青ざめさせながら、慌てて鈴を気遣っている。

無理もない。実際、さっきの首締めは、じつはかなり危なかった。

かなり長い間、強めに気管をせき止められたうえに、激しいセックスで無理に酸素を使わされて、もう少しで酸欠で失神するところだった。

もし宗二の手の力がもう少し強かったら、下手をすれば失神どころか、命を落としていた可能性だってゼロではない。

「……ん、大丈夫。ぜんぜん平気」

「そっか。よかった。ごめんな……本当に、やりすぎた」

そう言う宗二の表情は、心の底から今回の行為を後悔しているようだ。

「ううん、すごい、気持ちよかったよ。だから、うれしい」

だから……鈴がそんな感想を述べて心底うれしそうに笑っているのが、本当に宗二としては予想外だったらしい。

理解不能なものを見るような目を、宗二は鈴に向けている。

「な……だって、苦しかったろ？」

「苦しかったけど、でも、めちゃくちゃ気持ちよかったよ」

今さら気がついた。

たぶん宗二は、鈴に後悔させるつもりだったのだ。

鬱憤の捌け口に使われ、乱暴にされること……そのつらさを身をもって体験すれば、きっと宗二への思いも諦めるに違いないと、そう思ったのだろう。

おあいにく様だ。鈴の決心は、そんなことでは変わらない。

「なに言ってるんだ……ほら、首に痕までついてる。こんなにつらくしといて……」

「嘘、ついてるように見えた？」

すこし悪戯っぽく笑う鈴の言葉に、宗二は口を噤んだ。

嘘かどうか、彼がいちばんわかっているはずだ。

なにせこれ以上ないくらい密に抱き合い、鈴の反応を、表情を、膣のうごめきを、ついさっきまで直に感じていたのだから。

「いままででいちばん、気持ちよかったよ」

断言できる。苦しかったし、つらかったけれど……でもたぶん、今まででダントツに気持ちよくてうれしいセックスだった。

思えばこれまで宗二としたセックスでは、彼はいつもどこか及び腰だった。

一回目のセックスはそもそも騎乗位で鈴が上になっていたし、二回目も後背位で宗二はそうとう強く鈴を責めたててはきたけれど、それでもどこか遠慮が垣間見えたというか、相手が中学生ということで手加減をしていたところがあったように思う。

けれど今回は、今度こそ本当になんの手加減もなく、宗二は鈴を抱いてくれた。

それが、なりふりかまわなくなった彼が吐き出した、八つ当たりのようなかたちであったとしても……はじめて宗二が素のままの、裸の自分をぶつけてくれたのが、鈴にとってはなによりうれしかったのだ。

「宗二さんだって、気持ちよかったでしょ？」

「……そんなこと、ないよ」

目をそらしてごまかすあたりの仕草がなんとなくかわいくて、鈴は思わず、くすりと笑ってしまう。

「嘘。わかるよ」

「だって、宗二さんの今日のおち×ちん、めちゃくちゃびくびくしてたよ、あたしのあそこの中で。今までのセックスのなかで、いちばんおち×ちん、おっきくなったし、射精の勢いもすごかった」

「……そういうこと、言わないでくれよ」

勘弁してくれ、と言いたげな顔だ。

もちろん宗二としては、そう言って拒絶せずにはいられないだろう。

彼はそういう人だ。

けど、だからこそ、その裏にこそ本音はある。

「……宗二さん」

宗二を抱きしめる。

「もう、嘘つくのやめようよ。我慢しなくていいじゃん。吐き出しちゃお」

幸いなことに、まだ彼の勃起は硬さを維持している。

それこそが、鈴が受け入れるべき彼の欲求だ。

「ん、んんっ」

ゆっくり宗二に寄りそいながら、あぐらをかいた彼の中心に腰を下ろしていく。

先ほど彼のその場所で絶頂を迎えたばかりなのに、まるで初恋の人にはじめて触れ合えたときのように胸がドキドキしてしまう。

「はぁ……当たってるぅ……」

そんなだから、膣口と彼の先端が触れ合った瞬間なんて、もう天にも昇るような心地だった。

そもそも膣というのは出産のときに産道として使われる場所であって、じつは触感自体はそこまで敏感な場所ではない。性感帯としてはクリトリスのほうがよほど敏感だし、性行為を三度しか経験していない鈴のその場所が、性感帯としてきちんと開発されているわけもない。

だというのに、気持ちいいのだ、彼の鈴口と自分の膣口が触れ合うだけで。

まだ中に迎え入れてもいないのに、先端の接触だけで鈴の淫口は物欲しそうにひくついて、甘いキスを繰り返してしまう。

その摩擦のたびにじんわりと甘くやさしい温かさが子宮の奥から生まれてくるような感覚があって、ずっと彼とこうしていたいとすら思えてしまう。

「も、もう、やめなさい」

「やだ。やぁだ」

叱責の声に、甘えた声で駄々をこねる。

こんなに素敵なこと、やめられるはずがない。

だから鈴は万感の思いをこめて、いよいよ自分の意志で腰を落としはじめた。

「ん、あ、あ、ああっ、あつい、すごい、ああ……」

幸せな気持ちが、どうしようもないくらいにあふれ出して、感きわまってしまう。

じわじわと愛しい熱が、身体の奥に挿しこまれていく。

身体のサイズ差で言えばまるで釣合が取れていないし、それは生殖器も同様だ。普通に考えれば挿入にはそうとうな無理があるはずなのに、とろとろにふやけ、そこだけは女として完成した鈴の肉洞は、いっさいのつらさを感じることなくあっさりと宗二の勃起を呑みこんでいく。

「ああ、おっきぃ、おっきい……」

もちろん、圧迫感がないわけではまったくない。

宗二が奥に挿しこまれれば挿しこまれるほど、膣が内側からふくれあがり、ほかの内臓が脇に押しやられていく感覚はたしかにある。

だが今は、その感覚そのものが幸せでしかたがない。

こんなに大きな身体を、自分を救ってくれた愛すべき思い人を、自分が受け入れられているというその実感が鈴に、なににも代えがたい多幸感を与えてくれる。

……ふと、思ってしまった。

まだ成長期の終わっていない鈴の細くて小さな身体は、これからだんだんと大人になっていくだろう。

だからきっといつかは、宗二とセックスをしても、今のように彼の存在を大きく感じられなくなるときが来るに違いない。

（……ああ、いいなぁ……それ、素敵……）

ただそれは、きっととても素晴らしいことなのだ。

今はまだ、普通にセックスするのも無理が生じる体格差が、だんだん宗二に合うように、フィットしていくということなのだから。

今のように、圧迫感すら覚えるほどに、宗二のペニスを大きく感じることも、そして今後だんだん成長して、宗二のペニスがちょうどいいサイズに思えるようになることも……そのどちらもが、なににも代えがたい幸福なのだ。

今も、そして未来も、鈴のこれからは、幸せがあふれている。

こんなにも自分の人生が希望に満ちたものだと思えるときが来るなんて、思いもしなかった。

「あは、ああ……んんっ、あ、あ……」

やがて、宗二の勃起が鈴の最奥まで行きわたる。

生殖器のサイズ差のせいで、鈴の膣の奥行きすべてを使っても、宗二の長さの七割弱ほどしか呑みこめていない。

それがなんだか寂しくて……だから鈴は、さらに体重をかけていく。

「ん、あ、あっ、あっ、すごい、ぐって、押しこまれて、んん、あっ」

「し、しんどいだろうに……だから、やめなさい」

「やだ、やだやだ。だって、すごいもん。気持ち、いいもんっ」

ぐっと子宮が持ちあがる。子をなすべき神聖な器官は押しつぶされ、肺まで押しあげられるような錯覚すら感じる。

これこそ、今の鈴でしか味わえない快感だ。

だからこの感覚を、鈴は全身全霊でかみしめるのだ。

一生忘れないように、その感覚をしっかり記憶に刻みつけるように、じっくりゆっくり、さらに挿入を深めていく。

「はぁ……ああ……ああっ、んん、あ、あっ、は、入ったぁ……」

やがて、とうとう腰と腰が密着する。

柔軟に弛緩《しかん》した鈴の生殖器は今、はじめて宗二のすべてを呑みこんだのだ。

「あは……ここまでちゃんとぜんぶ、宗二さんのおち×ちんが入ったの、もしかして、はじめて？」

「……そ、そう、かな？」

あれほど激しくした二回目や三回目のセックスでも、腰が密着するまで深く挿しこまれたことは、たしかなかったはずだ。

「……本当に、しんどくないのかい？」

「大丈夫だって」

なおも心配そうな顔を見せてくる宗二に、あくまで鈴は気軽に笑う。

「たしかにちょっと……無理してるところはあるけど、でも気持ちいいの。うれしいの。こうして宗二さんとつながれるの、本当にうれしいの」

だからといって結合そのものを肯定することもできず、安堵していいのかわからないようで、宗二はただただ困惑の表情を浮かべるばかりだった。

（……あたし、やっぱり、がんばろう）

どこまでもやさしく奥手な彼の表情を愛しく思うと同時に……鈴のなかに、ふと強い欲求が生まれた。

(あたし、やっぱり宗二さんに、愛してほしい……)

浮気女と間男の子として生まれた以上、宗二に愛してもらえる保証はない。

それでもかまわないと思っていた。

鈴のほうがずっと彼を愛していれば、それでいい。見返りなんて必要ない。

彼に寄りそい、彼に身体を差し出し、捌け口にされることによって彼の気が少しでも休まるなら、それ以上のことは求めまいと思っていた。

(わたし……やっぱり、お母さんの子なのかな)

宗二を……愛しい男性を前にすれば、どうしても欲深になってしまう。

望んでいけないことを望んで、身勝手に「今以上」を求めてしまう。

「動く、ね」

だから鈴が腰を動かしはじめたのも、そんな欲求に突き動かされてのことだ。

もっと彼につくせば、もっと彼を愛せば、あるいは彼が振り向いてくれる日が来るかもしれないと……そう考えてたのだ。

「もっと……んっ、気持ちよく、なろ」

「ま、待ちなさ……う、あっ」

今さらのようにさえずる制止など、もはや無視以外の選択肢などあるわけない。

だってそんなの、外面を気にしたものでしかない。

鈴の中に納められた宗二のペニスは、鈴の膣に包まれてから、絶えず大きく脈動を繰り返している。先端からはとくとくと先走りが漏れ出し、わずかな身じろぎで生じる摩擦にすら圧倒的な官能を覚えて、びくんと跳ねるように律動してくれる。

ならば鈴がすべきは、全力でその愛しい生殖器官にご奉仕して、最大限気持ちよく射精してもらうことだけだ。

「ん、んっ、う、あ、あっ、あっ、あ……」

腰を、円を描くようにして、艶めかしく動かしていく。

抽挿の動きはしたくない。

だってそうすれば、一瞬だけであったとしても、宗二のペニスが自分の中から抜けていくときの、せつない感覚を味わわなくてはならなくなるからだ。

今はそんな思いをしたくない。彼と、ずっとずっとひっついていたい。

「あう、あ、あっ、ん、あっ、あっ、ああっ、い、いい、いいよぉっ」

「くぁ、あっ、熱い、あ、あぁ……」

下手な抽挿よりも、それはよほど大きな官能を伴うものだった。

自慰行為のときの自分の指先なんてぜんぜん比べものにならない快感が、存在感が、鈴の意識から根こそぎ理性を奪って虜にしてしまう。

（ああ、ああっ、この形、好き……）

宗二のペニスは、とにかく凶悪な形をしている。

カリ首はとにかく大きく張り出していて、特に抽挿のときなんか、膣ヒダをひっかけるような摩擦がすごくて、毎回毎回失神しそうになってしまう。

表面に浮かぶ血管もまるで荒れ地の岩肌のようにゴツゴツしていて、それがほんのわずかな性運動でも複雑な摩擦となって、鈴の意識をとろとろに蕩けさせてしまう。

なによりいちばん鈴を夢中にさせるのは、その熱さだ。

身体中の性的興奮が集中し、血液によって運ばれた集大成こそが、この火傷しそうになるほど感じる、おち×ちんの熱さである。

それがじわじわと、やわらかい膣粘膜に浸食していく感覚が、本当にたまらない。

膣を構成する細胞のひとつひとつに、宗二の熱が染みこんでいっているのだ。

そうして鈴のおま×こは、宗二のものになっていく。

女としてこんなに幸せなことなんて、たぶんほかにはない。

「あは。これ、いいね。宗二さんのおち×ちんの形、すごくわかる……ん、あ、あっ、はあぁ……んんっ、あ、あっ、んんっ、宗二さんも、わかるでしょ？　あたしのあそこの形、はっきり、ああっ」

「き、聞くなよ、そういうこと！」

どうせ聞いても答えてくれないのはわかっている。

けれどその鈴の台詞で、どうやら宗二は鈴の膣の具合を意識してくれたようだ。

宗二のペニスが、鈴の膣の中でびくんと跳ね、さらに熱くなったような気がする。

そんな小さな反応すら、愛しくてしかたがない。うれしくてしかたがない。

「ん、あは。あはは。宗二さんのおち×ちん、熱くなった。おっきくなってる。あたしのあそこのこと、考えてくれてるんだぁ」

二回目の行為のとき、宗二はそのときのセックスは決してよいものではないと言っていたが……その意味を、ようやく鈴は理解できたような気がした。

あのとき、鈴は宗二たちのやさしさに触れ、そのことに戸惑いつつ、それでも彼を憎むべき敵だと思いこもうとしていた。

だから無理やり、彼の嗜虐性《しぎゃく》を煽り、彼がどれだけひどい男なのかを暴こうとして、セックスしようと誘惑した。

結果的にものすごく気持ちよくなって、何度もイッってしまったけれど……今思えば、行為をはじめた動機が動機だったため、心はまったく通っていなかったように思う。

ただ快感を交換することだけに終始していたから、彼がどんな思いで鈴を抱いていたかだとか……そんなことを考える余裕はまったくなかった。

もちろん、彼のことを本当に心底憎んでいたときにした一回目のセックスも、言わずもがなである。

でも、今は違う。

心の底から気持ちよさに、彼との触れ合いに身を任せることができる。

彼の一挙手一頭足を、こと細かに感じることができる。

彼がどんなふうに鈴を見ているかを肌で感じて、それが最高のスパイスになって、セックスの快感を押しあげてくれる。

(ああ……そっか。セックスって、こういうものなんだ)

服をすべて脱いで、裸どうしで抱き合って……そして肉体だけではなく、心も裸になって、恥ずかしいところをさらけ出し合う。

そうしていくなかで、相手が自分に向ける視線とか、感情とか、あるいは性的欲求とか……そういったものを肌で感じ合って、身も心もひとつになる。

そんな言葉を交わすのとはまた違った、肌感覚を使ったコミュニケーションが、きっと本当のセックスなのだ。

（いつか……本当にちゃんとしたセックス、したいな）

心の底からそう思う。

まだ宗二のほうは、鈴に対して心を開いていない。

鈴が今感じているうれしい感覚を、宗二はまだ感じていないだろう。

今回のセックスは、だからまだ一方通行の片思いなのだ。

「ん、宗二、さん……」

せめて自分の思いだけはすべて伝えようと、鈴は首を伸ばし、彼の首を抱きしめて、宗二の唇に自らの唇を重ねた。

濃厚なセックスの交わりに反して、たんに粘膜を軽く触れ合わせただけの、本当に軽いキスである。

本当はもっとエッチに、舌をからめ合わせたりとかもしたかったけれど……宗二の膝に乗っかっている今でも、頭の高さの差がかなりあるから、それはちょっと難しい。

「く、ちょっと、鈴ちゃん」

「やだ。逃げないで、キス、させて。ん、んん、う、んっ」

「いや、しかし……」

「これ、ファーストキスなの。だから……お願い」

「…………」

鈴のひたむきな訴えに言葉を失った宗二は、それ以上の抵抗をしてはこなかった。

ただ鈴を見るその目は、はじめてがこんなのでいいのかと困惑に揺れていた。

いいに決まっている。

だって好きな男の人に、自分の思いを伝えるためにしているキスなのだ。

処女を失ったときの不本意な経緯に比べれば、これほど幸せなキスなんてない。

「ん、あ、あっ、んん、宗二さん、宗二さんっ、ああ、なんだろ、すごい、なんか、あたし、あ、あっ、なんか、なんか、すごい、気持ちよくなって、んぁあっ」

そしてその多幸感は、ますます鈴の身体の奥に火をつけた。

ぎゅっと胸の奥がせつなくなる。

息苦しさすら感じるほどの恋慕の気持ちに、身体中が熱を持つ。

「あ、んん、ん、あ、あっ、あっ、あっ、あっ、んんんんっ、んぁあああっ」

だから、もう限界だった。

ばしばしと音をたてて視界がスパークする。

まともな性運動もしていないのに、大きすぎる快感電流に身体中の筋肉が痙攣し、鈴は、びく、びくと大きく身もだえを繰り返した。

もう、なにも見えない。

意識が真っ白に染まるなかで、鈴ができたのはただひたすらに宗二を求め、彼を抱きしめ、そしてキスを繰り返すことだけだった。

「あ、あんん、う、あう、あ、あっ、イク、イクイクっ、んんんっ」

そしてあっさりと、鈴は絶頂を迎えた。

きゅんきゅんと膣がひくつく。

せつなさでどうしようもなくなった身体はまるで制御が利かない。

精神的な充足感と膣に感じる圧迫感だけで感きわまって、尿道から、ぴゅ、ぴゅと断続的に潮が噴き出し、ふたりの身体を汚していく。

……たぶんそれが、今までいちばん幸せな絶頂だった。

「あう、あっ、あ、んんっ、ああっ、宗二さん、宗二さん、宗二さん、宗二さんっ」

(ああ、気持ちいい、気持ちいい、気持ちいい、気持ちいいっ)

……けれど今の鈴は、それで満足することは許されない。

だって、もっともっと気持ちいい瞬間を、彼女は知っているのだ。

「あ、あっ、う、んんっ、あう、あ、あっ、あっ、あっ」

「な、す、鈴ちゃん？」

困惑の声をあげる宗二をよそに……鈴は絶頂に身もだえしながらも、身を休めることなく、腰を淫らに、くねらせるように動かしつづける。

「あう、あっ、あっ、あ、あっ、うう、んんんっ、う、うっ、んんんっ、あう、あ、そ、宗二さんも、イコう？　宗二さんも、気持ちよく、んんっ」

そうだ。鈴は絶頂したけれど、まだ宗二は射精まで昇りつめてはいない。

だから鈴は、今は満足してはいけない。

彼女の望みは、彼を気持ちよくすることなのだ。

「あ、あっ、あ、んんんっ、あ、そ、宗二さんも、あたし、んんっ、宗二さんと、いっしょにイキたいから、あ、あっ、んんんっ」

たぶん今の自分は、とんでもなくひどい顔になっているだろう。

視点は定まらず、目はうつろで、全身にかいた汗でべとべとで、髪だって汗と激しい行為でめちゃくちゃになっているはずだ。

口もとだってもう力が入らないから涎が垂れっぱなしになっていだろうし、下手をしたら鼻水だって出ているかもしれない。

こんなみっともない顔、好きな男の人には絶対見せてはいけないものだ。

でも、今はそんなことより、ずっと大切なことがある。

「あ、んん、う、あう、あ、んんっ、んんっ」

前後左右にだけ動かしていた腰に、いよいよ上下運動を加えていく。

淫らなグラインドに激しい情熱的な抽挿が加わって、全身が溶けそうなほどの甘い熱があふれ、膣ヒダが火傷してしまいそう。

「ああ、これ、これ、好き、好き、んんっ、んあああっ、あっ、んんっ、気持ち、いい、気持ちいい、あ、あっ、あっ、また今、イッちゃうっ、ああっ」

引き抜く動きをするたびに、大きく肥大したカリ首が膣ヒダをひっかいていく。

腰を落とすたびに、子宮ぜんぶを潰す勢いで宗二の先端が突き刺さって、そのたびに甲高い喘ぎ声が肺からひり出されてしまう。

その動きは、二度目のセックスと、そしてさっきの首絞めセックスで宗二にされたのとまったく同じものだ。宗二が鈴を屈服させるためにした、そして彼自身が身勝手に射精するためにした性運動だ。

それを今度は、鈴が自分の意志で、宗二にしてあげるのである。

「う、ぐ、す、鈴、ちゃんっ、待って、待ってくれ……っ」

何度も聞いたその制止の言葉だが、今回ばかりはどうも様子がおかしい。

どこかつらそうに顔を歪ませ、余裕のない表情でそう言う彼の目は、鈴のほうを向いていない。なにかの予感に耐えようと、きゅっと目を閉じ歯を食いしばっている。

「あは……あははっ」

身もだえする宗二を前に、鈴はただただうれしくて、歓喜の笑みをこぼした。

だって膣の中で、宗二のペニスがひときわ大きくなっている。

もはや我慢ならないとばかりに、熱病に冒されたように熱くなり、ひくひくと震え、最後の予感に打ち震えている。

「あは、あ、んんっ　もしかして、宗二さん、イッちゃいそう？」

気持ちがあふれる。ふたたび鈴は宗二に抱きつき、キスをした。

「……鈴ちゃんっ、うっ、ぐううっ」

「んん、好き、好きっ、あん、本当に好きなの、好きなのっ」

愛をささやきながら、鈴はさらに腰を振りたくる。

もうふたりの結合部はどろどろだ。

先ほど注ぎこまれた彼の精液と、そして鈴の本気汁が混ざり合い、泡立って、クリームをぶちまけたようになって、ふたりの腰を汚している。

激しい行為と快感に、もう全身が汗まみれだ。それできつく抱き合うものだから、ローションプレイをしながら身体を擦り合わせているみたいになっている。

だから、全身が気持ちいい。

おち×ちんでおま×こがずこずこされて気持ちいい。

裸どうしでぬるぬるになって抱き合うのが気持ちいい。

間近に感じる相手の体臭も、鼓動も、息遣いも、すべてが愛おしくて、エロくて、虜になってしまう。

「うぐ、ああ、うあああっ」

とうとう宗二も、我慢ならなくなったようだ。

どうしようもなくて理性が負けてしまい、今はじめて彼は腰を浅ましく動かした。

「ん、あ、あっ、あっ、あっ、ああっ、いいっ、気持ちいい、気持ちいいよぉっ」

ただでさえ最高潮に達していた快感をさらに上乗せされて、鈴はたまらず背中をのけぞらせて、感きわまった嬌声をあげた。

(すごい、すごいすごい、気持ちいい、気持ちいい、ああっ、ああっ)

先ほどの強烈な首締めセックスに比べれば控えめな動きではあるけれど、こらえきれず、欲求に突き動かされてはじまったその腰遣いには、彼のたしかな性欲を感じる。

さっきみたいに、無理に鈴を痛めつけるためにしている腰遣いではない。

鈴のおま×こが気持ちよくてたまらなくて、その快感にどうしようもなくなってしまって、だから今、彼も自分から腰を動かしてしまっているのだ。

（ああ、やっと、やっとだぁ……）

だからこれはたぶん、はじめてのセックスなのだ。

鈴は宗二で気持ちよくなりたくて、宗二もまた鈴で気持ちよくなりたくて……今、はじめてふたりは、お互いに性欲を向け合った、まともなセックスができたのだ。

もちろん、鈴が無理やりにしかけた行為であることは変わらないけれど……でも、これはきっと、かけがえのない第一歩だ。

「ね……宗二さん、好きだよ」

絶頂の予感に打ち震えながら、鈴は何度もキスをする。

もう鈴は、自分の欲望に逆らわない。

「今すぐ好きになってなんて言わない。でも、あたしはずっと好きだから。お母さんみたいなことは、絶対しないから。あたし、宗二さんのそばに、ずっといる。宗二さんの気持ちは、あたしがぜんぶ癒すから。あたし、がんばるから。宗二さんにあたしのこと好きになってもらえるよう、がんばるからっ」

きゅっと膣を締めつける。

もはや限界まで昇りつめていた宗二のペニスが、いよいよ爆発のときを迎える。

「う……す、鈴、ちゃんっ」

「いつか……あたし、宗二さんにあたしのこと、好きだって言わせてみせるからっ」

そのときまでは、片思いでいい。

でも、彼の心変わりを待つようなことも絶対しない。

身体を差し出し、心をつくし、彼を支え、寄りそい……そうして鈴は、ずっとずっと、ひたむきに愛をささやくのだ。

「絶対、絶対、一生、ずっと愛してるっ」

絶頂しながら、今までていちばん熱い射精を膣に注ぎこまれながら、鈴はそう高らかに、朗らかに宣言する。

そのとき鈴は、生まれてからいちばんの、とびきりの笑顔を浮かべていた。

◉新人作品**大募集**◉

マドンナメイト編集部では、意欲あふれる新人作品を常時募集しております。採用された作品は、本人通知のうえ当文庫より出版されることになります。

【応募要項】 未発表作品に限る。四〇〇字詰原稿用紙換算で三〇〇枚以上四〇〇枚以内。必ず梗概をお書き添えのうえ、名前・住所・電話番号を明記してお送り下さい。なお、採否にかかわらず原稿は返却いたしません。また、電話でのお問い合せはご遠慮下さい。

【送付先】 〒一〇一‐八四〇五 東京都千代田区神田三崎町二‐一八‐一一 マドンナ社編集部 新人作品募集係

家出少女《いえでしょうじょ》 罪《つみ》な幼《おさな》い誘惑《ゆうわく》

二〇二三年一月十日 初版発行

著者◉楠 織【くすのき・しき】

発行◉マドンナ社
発売◉二見書房
東京都千代田区神田三崎町二‐一八‐一一
電話 〇三‐三五一五‐二三一一（代表）
郵便振替 〇〇一七〇‐四‐二六三九

印刷◉株式会社堀内印刷所 製本◉株式会社村上製本所 落丁・乱丁本はお取替えいたします。定価は、カバーに表示してあります。

ISBN978-4-576-22184-7 ◉Printed in Japan

Madonna Mate

オトナの文庫

マドンナメイト

電子書籍も配信中!!
詳しくはマドンナメイトHP
https://madonna.futami.co.jp

少女のめばえ 禁断の蕾
楠 織／通勤電車で出会った少女からHなお願いをされ

名門乙女学園 秘蜜の百合ハーレム
高畑こより／性器が肥大して男根のようになった少女は…

美少女寝台列車 ヒミツのえちえち修学旅行
浦路直彦／純真無垢な美少女二人と寝台列車の旅に出…

義母とその妹 むっちり熟女の童貞仕置き
星名ヒカリ／父の再婚相手の豊満ボディが悩ましすぎて…

あぶない婦警さん エッチな取り調べ
竹内けん／エッチな婦警さんたちの取り調べに少年は…

孤独の女体グルメ 桃色温泉旅情
津村しおり／温泉地をめぐる男が、その先々で女体を堪能し…

侵入洗脳 俺専用学園ハーレム
葉原 鉄／洗脳アプリを入手した男が極上ハーレムを作り…

教え子は美少女三姉妹 家庭教師のエッチな授業
哀澤 渚／家庭教師の大学生が美少女を教えることになり…

母乳まみれ 濃厚ミルクハーレム
阿里佐 薫／保育園の奥様たちの母乳は味が違っていて…

M女発見メガネ！ 僕の可愛いエッチな奴隷たち
阿久津 蛍／大学生が眼鏡をかけたらM女がわかるように

淫獣学園 悪魔教師と美処女
羽村優希／新任教師は二人の類い希なる美少女を毒牙に

憧れのお義姉ちゃん 秘められた禁断行為
露峰 翠／高校生の義姉に恋心を抱いた小学生の弟が成長し

Madonna Mate